主人様、お茶をどうぞ

玄上八絹

幻冬舎ルチル文庫

CONTENTS ✦目次✦

✦ご主人様、お茶をどうぞ

✦イラスト・夏珂

✦カバーデザイン＝久保宏夏（omochi design）

✦ブックデザイン＝まるか工房

ご主人様、お茶をどうぞ

執事は生涯結婚しない。

主《あるじ》よりも妻を気にかけ、自宅に帰りたがり、家族のために金を欲しがるようになるからだ。家に恋をし、主をすべてとして身を捧げる。一人の男として報われず、家の繁栄という誇らしい孤独を最上の幸せと受け止めなければならない。

そんな《執事》という生涯をすごす覚悟があるかと問われて、真咲《まさき》が頷《うなず》いたのはたった一年前のことだった。

——よかったら、おまえも悼んできてやってくれないか。

人手が足りず、裏方で走り回る真咲のもとに、他の家の使用人から、真咲の主からの伝言が伝わってきた。慌ただしい台所や控え室を見ればそれどころではないのだが、これが最後の別れの機会だ。真咲は甘えさせてもらうことにした。

前掛け《エプロン》を外し、白いシャツに黒いベストと、金釦《ボタン》が付いた黒い燕尾服《えんびふく》を羽織る。喪服の代わりになる一張羅を持っていたが、真咲はあえて仕事のときに着ていた上着を選んだ。

棺《ひつぎ》の中にいる主、満彬《みつあきら》に最後に買ってもらった服だった。

——最近、真咲の執事の服も板についてきたね。

着慣れない燕尾服を、煙管《キセル》を片手に褒めてくれたときの笑顔を思い出す。懐かしさと、改めて込みあげる寂《さび》しさに、真咲は涙を手の甲で拭《ぬぐ》った。

　鏡の前で、細いリボンになっているネクタイを整え、忙しさに乱れた髪を手櫛《てぐし》で掻《か》き上げる。

　真咲は自分の顔を見た。目が涙で充血していた。目が大きくて明るいと言われる顔立ちだが、今日はぐるりと隈《くま》が黒く縁取っている。亡くなった人の名にかけて、手伝いに来てくれる他家や弔問客に見苦しいところは見せられないと思って気をつけたつもりだったが、憔《しょう》悴《すい》だけはどうにもならない。顔色は青く、唇も白かった。疲れや虚脱に満ちた表情もまるで病人のようだ。

　革靴を履き、裏口の戸を開けると、鉛色の空から細い雨が降っていた。

　黒いこうもり傘をさし、裏庭から通用口の低い門扉を出る。広大な屋敷を取り囲むレンガの塀《へい》を辿《たど》り、表通りへと向かった。

　空は、優しかった主を悼むような低い雲に覆われていた。そぼ降る雨音もしめやかで、寒さに自然と肩が俯《うつむ》くのも、この悲しみにふさわしいような気がする。

「……」

　真咲は、表の路地に差し掛かったところで立ち止まって、傘の縁をあげた。

　レンガの塀の向こうに、霧雨のなかにそびえ立つ英国風の洋館が見える。濃い霧が悲しみのように屋敷全体を白くぼんやりと覆っていた。

十二の歳《とし》に屋敷に上がって早十年。自分がここに来たのもこんな蕭々《しゅくしゅく》と雨が降る冷たい一月だった。

傘をさして喪服に身を包んだ人々がぽつぽつと門を出てくる。焼香を済ませた人々らしい。顔を見知った商人だ。会釈しながら、真咲は彼らと擦れ違った。

伯爵家の葬式だというのに、人影はまばらだった。日常的な付き合いのあるご近所や、かつて御用があった商人はそれなりだったが、親戚は誰も来ない。友人を名乗る人もない。貴族専用の控え室に置かれた芳名帳を見たが、朝からわずかに六人の名前が書かれているだけだった。

関わりたくないのだろう。

理由はよくわかっている。没落貴族だ。最後に手を出した横浜港への投資が決定的な痛手となった。借金まみれで死んだ貴族の葬式に、親戚面《しんせきづら》で訪れれば肩代わりを求められるかもしれない。真咲は門のまわりにたむろしている数人の塊に視線を巡らした。案の定、見慣れた借金取りが傘に隠れて交じっている。

一昨日《おととい》、病で亡くなった前田《まえだ》満彬は大変慈悲深い人物だった。慈善事業を熱心にし、港や灯台、道路などの公共事業に投資した人だ。弱き者に施し、人々の未来へ投資することを惜しまない人だった。その結果、財を傾け、何度も詐欺にあってこの始末だ。その葬式にこの仕打ちはあんまりだと真咲は思っていた。

葬式くらい来たっていいじゃないか。

満彬に助けられた人、満彬の投資のお陰で事業が成功した会社、満彬から金を騙《だま》しとった人間、真咲が知っているほど指を折っても、記帳の人数の何倍も多い。

——施したからといって、施されないのを恨むのは、貴族の品格にふさわしくありません。旦那様もそう思っておいでのはずです。

みんなの薄情を悔しがる真咲に、満彬に長く仕えてきた前田家の執事、是光《これみつ》は言い聞かせた。

——旦那様は、見返りを求めてお心を与えられたのではありませんから。

そう言って真咲を宥《なだ》めた是光も昨日、胸を押さえて倒れてしまった。高齢と過労と栄養不足。もとより心臓に持病があった。実際に数字を見る是光の借金苦は満彬以上だっただろう。看護を終え、満彬を見送って気が緩んだらしい。満彬に精一杯仕えた男の、立派な膝《ひざ》のつきかただった。

是光は入院し、執事見習いだった真咲が前田家の裏方の細々を一人で世話している。満彬の嫡男、病弱な宣親《のりちか》に代わって喪主を引き受けてくれたのは満彬の従兄弟《いとこ》に当たる橋田《はしだ》侯爵家だ。唯一、嫌々手伝いに来てくれた橋田家の家人たちが今日の葬儀を取り仕切り、辛うじて貴族の葬式の体裁が成っているのだった。

傘の骨の先から、ほとほとと雫《しずく》が落ちる。俯いて擦れ違う人の傘の中の会話が聞こえた。

「新しい当主って言ったって、ここの坊っちゃんはまだ十五歳って言うじゃないか」

「お身体《からだ》も弱いそうで、誰も姿を見たことがないって聞くけど」

「ああ、そりゃもう終《しま》いだな。こんな立派なお屋敷なのにねえ」

「――……」

無責任な噂話《うわさばなし》を置き去りにして、真咲は路地を歩く。

景色はみな灰色で、細かい雨がそうそうと傘に降り注いでいる。

レンガと黒い飾り柵の壁が終わり、太い門柱に辿り着いた。背の高い鉄の門戸は葬式のために内側に開け放たれている。

門から玄関を覗《のぞ》くと、一般の弔問客だけが玄関の中から短い列を作っていた。

開けっ放しの玄関口に用意された焼香台で手を合わせてゆくのは、近所の人や付き合い程度の知人で、奥に招かれるのは貴族や前田家と縁《ゆかり》の深い人だ。

玄関奥に喪服を着て、髪を固めた若い男が姿勢を正して立っているのが見える。黒い絹の背広に七三わけの撫《な》でつけ髪。橋田侯爵家の執事だ。顎《あご》を上げ、玄関口の短い階段の上から、下段で焼香をしてゆく人々を取り澄ました視線で眺めおろしている。

真咲は列に近づいてみたものの、そのいちばん後ろに加わるのをためらった。赤の他人のように一般の列に連なるのはおかしい気がしたし、使用人の自分が、身内ぶって奥に上がり込むのも違うと思った。執事は主にとって、身内でもなく他人でもない。言うなれば影だ。いないものとして扱われ、だが常に主の側で必要とされる。そんなものになりたいと願っていた自分は、主を悼む列の、どこに並べばいいのだろう。

いよいよ自分の居場所を見失う気がして、真咲は並びかけた列からふらふらと後ずさった。少なくともここは違うと思った。満彬とは葬式の前に別れを済ませていて、他人行儀な場所から玄関の様子を見ると、余計現実感が薄れてしまう気がする。

真咲は結局、一般弔問客の列にも並ばず、玄関の奥へも入らなかった。せっかく別れを惜しんでこいと、そのために短い休憩を貰《もら》ったのに、何もできず、このまま裏へ戻ることもできない。

途方に暮れる気持ちを覚えながら、何となく真咲は玄関脇から続く庭のほうへと足を踏み出した。満彬との別れを惜しむなら、玄関ではなく満彬が好んだこの庭のほうがいいような気がしたからだ。

水滴を纏った雑草の中を歩きながら、真咲は雨に煙る庭を見た。

葉ばかりの薔薇《ばら》のアーチがある。白木蓮《はくもくれん》、梅。今は彩りを忘れた庭の木々が黒々しく雨の中に枝を伸ばしていた。

満彬は書斎からこの庭を眺めるのが好きだった。是光の菊栽培の腕を自分のことのように自慢していた。薔薇の頃、菊の頃、桜が舞い散る庭。三年前までは花の季節ごとに客が集って華やかだった。庭師は腕を競い、日本ではまだ珍しい植木や花が次々と持ち込まれた。それを見にやってくる貴婦人たちのドレスもまた、大輪の花のように庭いっぱいに広がっていたのを真咲は覚えている。

この半年、満足に手入れすることもできず、庭は草だらけだ。茅《かや》、猫じゃらし、ススキまでが雨に濡《ぬ》れて立ち枯れている。ふと視線を上げると、枯野原の庭に出しっぱなしになっていた、背もたれのある白い椅子に巻き付いた野バラだけが、雨の雫をいっぱいまとい、控えめなピンクで綻《ほころ》んでいるのが見えた。

――そのままにしておきなさい、真咲。

英国から輸入した大輪の薔薇や、京都から譲り受けた真紅の椿《つばき》、是光が丹精した御用菊。豪華で由緒ある庭に生えた、野バラの蔓《つる》を取り除こうとした真咲を満彬が止めたことを思い出す。

――野バラでも、薔薇は薔薇だ。

命を貴ぶ優しい人だったのに、満彬自身はずいぶん寂しい最期になってしまったと、理不尽を恨んでしまいそうだ。

「……」

真咲は通りすがりに、空に差し出た蕾《つぼみ》を手のひらに握ってちぎった。金がなくて思うように菊が買えなかった。せめてこれだけでも祭壇の前に供えたい。

……旦那様。

敬愛する主で、命の恩人だ。満彬が身元も定かでない自分を拾ってくれなければ、今の自分はいない。

——宣親を頼む。

宣親は、年老いてから産まれた彼の息子だ。病床の満彬に、今わかりやすく示してみせる証拠がないのを悔しく思いながら真咲は誓った。

——命に代えても坊っちゃんをお守りします。

自分の命が続く限り、必ず。

使用人を雇う金がないどころか、明日食べるものを買う金もない。より所の是光は倒れ、宣親の側には自分一人となった。

俺がなんとかしなければ。

漠然とそんなことを考えながら、真咲は、濡れた草を膝で分けながら庭を奥へと進む。足首から膝の辺りまで、氷のような雨が染み上がってくるが、寒さは感じなかった。

前田家は、宣親と自分の二人だけになってしまった。

この広い屋敷の掃除と料理、銀行や借金取りの応対も、今日から全部真咲が行なわなければならない。このあと助けに来てくれた橋田家の主や使用人の世話もしなければならないし、葬儀のあと、各方面への礼や手続きなどはどうすればいいのだろう——。

「……」

目が回りそうだ。目を閉じると、本当に頭の芯《しん》がぐるぐると回転して真咲は立ち止まり、片手で目許《めもと》を覆った。目をつぶったらなかなか瞼《まぶた》が開けない。

疲れている。満彬が危篤になった五日前からほとんど眠っていなかった。食事も最後に摂《と》ったのは何日前だろう。

真咲は、庭師が出入りする外壁と同じ色の扉へふらふらと近寄った。軒の下の一段高くなった踊り場に上がり、傘を畳むと頭上の雨音が消える。

どうすればいいのだろう。

絶望という言葉は考えないことにしていた。どう足掻いても行き詰まりだが、今を堪《こら》えれば何とかなるのではないか。でも今とはいつまでなのか。展望などまったく見えない。

途方に暮れながら、壁に手を触れると吸い付けられるように身体が勝手に壁に寄りかかる。俯く背中に何か背負わされているようだった。後ろ頭を見えない手が押し込んでいるようだ。手を握りしめ、崩れるまま真咲は地面に膝をつく。

自分がしっかりしなければ、と思うが、もう支えられないと心のどこかが呟《つぶや》く。危機感より、諦《あきら》めと疲れが身体に満ちているのがわかる。

明日から坊っちゃんと二人、どうやって生きてゆけばいいのだろう――。

「――……」

考えても考えても未来は黒いばかりだ。真咲は目眩《めまい》のまま目を閉じた。瞼が、身体が重い。手足が冷たく痺《しび》れて力が入らない。

「……」

ふっと目を開けると、地面についた自分の手が見えた。地面から生える縄が首に掛かっているように、少しも頭を上げられない。

満彬に拾われた日もこんなふうだった。あの日の続きのような錯覚を覚えながら、黒く塗りつぶされる意識の中に崩れ込みそうになったときだ。

「——どうした。しっかりしろ」

ふわっと浮かぶ感じがするくらい、軽々と上半身を支えられた。ぼんやりと真咲は目を開く。誰かに抱き支えられているようだ。

眇《すが》めるようにして目を開けると、目の前に艶《つや》やかな絹の喪服の襟《えり》と、織り方の凝った白いネクタイが見える。

「貧血か。どこの家のものだ」

雷めいて低く響く声に、真咲はのろのろと眼球を動かした。形のくっきりした一文字の眉《まゆ》が見える、癇《かん》の強そうなきつい目じり。男らしい高い鼻筋をした男だ。

「あ……。もうしわけ、……ありま、せ……ん」

弔問客だと思うと、渇いた喉《のど》からとっさにそんな言葉が出た。満彬を悼みに来てくれた人間に、こんなみっともない姿は見せられない。

身体を起こそうとすると、ふっとまた目の前が暗くなる。目は覚めているのに意識がはっきりと戻ってこない。

夢の中で藻掻《もが》くような真咲の緩慢な動きを、男が心配そうに見下ろしている。

「弔問か。どこかの執事のようだな。家のものはどうした。待機か」

問われて真咲は失笑しそうになる。執事を従えるような貴族など一人も弔問に来ていない。没落するそぶりを見せると、これまで夜会だ麻雀だと入り浸っていた貴族や商人たちは蜘蛛《くも》の子を散らすように逃げ出した。沈む船から逃げ出すネズミのようでもあった。

「申し訳ありません……」

そう呟いて、真咲は必死で頭を上げようとした。前田家の執事見習いとしても宣親の御側仕えとしても、客人にこんな恥ずかしいところを見せられないと思うけれど、身体も脳も少しも動いてくれない。枯れ草に降る雨音ははっきりと聞こえていた。そして湿った空気に香る男の上品な香水と、なにか特徴のある煙のようなにおいも。

線香のにおいだろうかと思うとまた泣きたくなった。白檀《びゃくだん》の匂いではない。たしかに安い線香しか買えなかったけれど、これでは焚《た》き火の臭いよりひどい。満彬に申し訳ない。

真咲が男に支えられたままふらふらしていると、ため息の気配のあと、男は「吉川《よしかわ》」と言った。男の背後から「はい」と男の声の返事がある。だれかもう一人側にいるようだ。

「家のものを呼んでこい。コイツの主を探せ」

「それは……」

男は渋るような声を出した。

「……いえ、大丈夫です」

使用人のために助けを呼ぶのが面倒だと言いたげな男の声に、人情がないと思ったが、それでも別にかまわないと真咲は思った。捨てられるのは慣れっこだし病気ではない、疲れているだけだ。

「おまえ、名は何という」

問われて、真咲は「石田《いしだ》です」と答えた。少し間を置いてから男はさらに訊《たず》ねた。

「下の名は、何という」

「……真咲、です」

懐かしいやりとりだった。真咲が拾われた日、泥の道ばたで満彬とまったく同じ会話を交わしたことがある。

男の背後から人が立ち去る気配がする。

男は真咲を抱きなおして、冷や汗の滲《にじ》む額と首筋に手を当て、襟元に結んでいた黒いリボンタイを、しゅっと音を立ててほどいてくれた。

「申し訳……ありません。私は大丈夫です。少し目が回っただけで」

「そのようだな。だが放ってはおけないだろう」

男は囁《ささや》いて真咲の手に、何かやわらかいものを押し込んでくる。布にしてはひやりとしている。物というにはやわらかい、しっとりした感触だ。

「野バラを落としている。おまえのものだろう?」

先ほど摘んだ野バラのつぼみだ。

「旦那様に……、差しあげようと」

うわごとのようなことを口走ってしまった。男は気の毒そうな声を出した。

「故人に捧げようとしたのか」

「あ……いえ」

朦朧《もうろう》としながら、恥ずかしいことを言ってしまったと真咲は顔を歪《ゆが》めた。葬式の日に、菊を手向けられないからといって、野草ではあまりにみすぼらしすぎる。荒れた庭で摘んだ粗末なつぼみだ。同情を買おうとしているようで恥ずかしくなった。

いらない、と、手放しかけた手を上から握られた。大きく温かい手だった。

「野バラでも、薔薇は薔薇だ」

恥ずかしがるなと、労《いたわ》るような声が満彬と同じことを言うのに驚きながら真咲は男を見上げた。結んだ唇と情の深そうな目許が見える。そして手の上から包むように握らされるのに、泣きたくなる。悲しかった。こんなものしか捧げられない自分が情けなかった。それでも慕う気持ちがあることを、この見知らぬ男に理解されて、安堵《あんど》と悲しさが一度に溢《あふ》れた。

「ありがとう、ございます、……大丈夫です」

この人には余計にみっともないところを見せたくない。頭の芯から回る目眩を堪えながら、男の硬い二の腕に縋《すが》って頭を起こそうとしたが「そのままで」と抱き寄せられて無理だった。逆らう力は見当たらず、真咲は逞《たくま》しい男の胸にこめかみを預けながら訊ねた。

「申し訳ありません。あの、旦那様の、お名前を……」

男の腕の中から、眇めるようにしてようやく目を開ける。

つやつやと光る、見るからに高級な絹の喪服、前屈《まえかが》みになって開いた胸元からは上等な樟脳《しょうのう》と舶来品の香水の匂いがした。煙の匂いはやはりどこかで浴びたものらしい。磨かれた靴。黒瑪瑙《オニキス》のカフス。若いようだがいずれ名のある家の男だ。日を改めて前田家の従者として、礼とこの失態を詫《わ》びたい。

男は何も答えなかった。不自然な沈黙が返ってくる。

「……」

発音があやふやになってしまった感じもした。真咲の問いかけが伝わっていないのかと思い、もう一度訊ねようと口を開いたときだ。

「お待たせしました」

人の気配が戻ってきた。さっき吉川と呼ばれた男の声だ。

「ああっ、石田さん！」

聞き覚えのある男の声がその後ろから聞こえた。手伝いに来てくれている橋田家の使用人だ。使用人は焦った声で男に言った。

「ありがとうございます。これは当家の石田でございます」

「そうか。貧血を起こしたようだ。介抱せよ」

と言って男は、使用人に真咲を預けて立ち上がった。

「あの……っ……」

礼を言おうとしたが、彼らはそれを拒むように足早に庭を去っていった。従者に傘を差し掛けられた広い肩と、黒い背広が薄暗い視界に見えた。煙る雨の中に消えてゆく黒い傘を眺めながら、背の高い人だなと、真咲は憧《あこが》れめいた気持ちを抱《いだ》いた。


すぐに人足は間遠になり、昼を回る頃にはもう誰も来なかった。

握りしめていた野バラは、真咲自身のようにボロボロになっていて、供えることはできない。人気のなくなった祭壇の部屋。真咲は菊がまばらに入った棺の前で、声を殺し、うずくまって泣いた。

雨音の隙間から、遠雷が聞こえる。

真咲は洋間の椅子に腰かけていた。ランプを灯《とも》したテーブルに肘《ひじ》をつき、手に息を吹きかける。

指から漏れる息が、橙色《だいだいいろ》の灯《あか》りの中で白い。背後を振り返る。暖炉の中は空だ。壁の飾り時計がこつこつと振り子の音を立てている。

テーブルには帳面と香典が入った封筒が広がっていた。

葬儀が終わり、橋田侯爵は従者を引き連れて帰っていった。使用人たちによって葬式に使用した食器や小物の細々まで片付けられ、ここ数ヶ月忙しさにかまけて行き届かなかった掃除までしてもらって、余計にがらんとした屋敷が人気のなさを際だたせていた。

橋田家一行を見送ったあと、病院の是光に葬儀終了を報告した。今日から当主となる宣親は、取り乱した様子もなく、ただひどく疲れているようだったから早めに床に入れた。

ふう、とため息をついた拍子に、帳面の上からペンが滑り落ちた。手で押さえようとするが間に合わず、白いフリルの前掛け《エプロン》の上を跳ねて、床に転がる。

「――……」

真咲は、もう一度ため息をつき、ペンを木の床から拾い上げて、先が曲がっていないかどうかランプにかざして確かめた。

昼間、雨で濡れてしまった裾《すそ》が長い執事の上着は、丁寧に拭《ふ》いて壁際に干している。白いシャツに黒のリボンタイは、満彬と是光のこだわりのようだった。最近の流行はスカーフのようなアスコットタイだが、是光は前田家の決まりを変えようとしなかった。

ベストはいつも白か薄い灰色で、今日は喪に服すための黒だ。その上から女中が残した、フリルがついた、白の胸当てのある前掛けをかけていた。掃除も洗い物も真咲の仕事だ。執事の服を汚すわけにもいかないし、男物の前掛けをわざわざ買いなおす金銭的余裕もないから、辞めた女中のお下がりを使っている。みっともないが来客の予定もないし、外にさえ出なければ機能的な方がいいと割り切った。

「……」

地鳴りのような遠雷を聞きながら香典を帳面に記録し、香典の中から、もう待たせられない借金先に返す金を分ける。橋田家に葬式を手伝ってくれた礼をしたいと申し出たが、礼はいらないから親戚と名乗るのはこれきりにしてほしいと言い渡された。それでも手元に残る金は微々たるものだ。

明日からどうやって暮らそう——。

現金も預金もない、屋敷も美術品も主立ったものは抵当に入っている。政府からの補助は全部借金の返済に回してしまうし、宣親の年齢が足りないため、今後宣親が爵位を継ぐことを政府に認められるかどうかもわからない。

宣親に昼間の苦労をかけながら、自分が働きに出るべきだろうと真咲は思っていた。金は真咲が勤めに出て作り、食べ物は土地を借りて畑を作って、足りなければ市場で野菜の切れ端を安く買う。

心細く儚《はかな》い生活が容易に目に映る。

「――でも、坊っちゃんは俺が守る」

テーブルに組んだ手に額を押し当てながら、真咲は決心を声にして漏らした。

宣親にふさわしい暮らしを提供するのは無理かもしれない。だが眠れる布団と飢えない程度の食事くらいは必ずなんとかしてみせる。

「……」

そうは決心したものの――と真咲は、書類の下に重なっている帳簿を指で引き出した。帳簿を開いてみると笑えてくるような借金の金額が並んでいる。桁《けた》が大きすぎて、かえって実感が湧《わ》かないくらいだ。

この屋敷の差し押さえ期限から三日が過ぎていた。満彬の葬儀が終わるまで待ってくれと取り立て人に頼み込んでいた。

明日の朝、屋敷を出ていかなければならない。

夜明けまで七時間足らず。前田家に住み込みで働いていた真咲にも是光にも家はなく、親戚もいない。

さしあたって住むところをなんとかしなければと、真咲はため息をついて書類を捲《めく》った。

この屋敷を担保にして金を借りた相手は《東嶋商会《とうじま》》となっている。

東嶋商会は急成長した横浜の貿易商で、大きな商船を何隻《せき》も持ち、絹織物を主に家具や美術品、穀物など輸出入で大成功を収めた飛ぶ鳥を落とす勢いの会社だ。満彬は東嶋商会にも借金をし、代わりに出資もしていた。十点を越える高額な美術品も東嶋商会から購入している。

満彬は東嶋商会に騙されたのではないか。貴族から金を搾り取って、その借金をカタに家を乗っ取る手口は最近よく耳にする。

九年前、明治のご一新が宣言され、海外貿易が隆盛を極めている。未知の外洋に乗り出す荒くれどもが金を摑《つか》んで帰ってくるのだ。これまで幕府や政府に守られ、温室でぬくぬく育ってきたような、世間知らずの貴族から金を巻き上げることくらい、彼らにとっては赤子の手を捻《ひね》るようなものだろう。

偽物を摑まされていないようだから詐欺ではないのだろうが、あこぎだと思うしかない。

その東嶋商会から何通もの督促状が届いていた。美しい手跡で、控えめで丁寧過ぎる文面のお伺いだが、頻度も内容も容赦がない。最後の手紙には、宣親と必ず面会したいと書いてあった。この手紙が届いた頃は、すでに是光は入院したあとで葬儀も目の前だったはずだ。

満彬の訃報《ふほう》は届いているはずなのに非情なことだ。

何らかの話し合いをしなければならないことは、真咲にも分かっている。

宣親は聡明《そうめい》だったが、十五になったばかりの世間知らずだ。その宣親に海賊まがいの貿易商と借金の交渉ができるとは思えない。真咲が会ってもどうにもならない。是光に相談しようか、それとも――……。

考えながら目を伏せると、テーブルの上にあるくしゃくしゃになった薔薇のつぼみが目に留まった。今日裏庭で会った紳士のことを思い出した。結局名前を聞けないままだ。

せめて彼だけはこんな悪徳な新興成金に引っかからなければいいが、とやわらかい桃色をした蕾を見つめて真咲は願った。身なりからして、名のある紳士に違いない。芳名帳を見たが、それらしき名前は見当たらなかった。おそらく一般の方に紛れてしまっているのだろう。

自分のために地面についた膝は汚れなかっただろうか。そんなことを考えながら東嶋商会から届いた山のような手紙の束を眺めているときだ。

「あ……」

いちばん新しい督促状に、文末に《明夜亥《い》ノ正刻《しょうこく》ニ参上仕リ候》と書いてあるのに気づいた。

どの手紙を見ても、内容はもれなく《金を返せ》であるから最近届いたものは注意深く読み直しもしなかった。

督促状の日付は昨日。葬式の夜に借金の話をしにくるなどあんまりだと、怒りとともに涙が込みあげた。死人に鞭打《むちう》つような仕打ちだ。言われなくとも明日、夜が明けたら出ていく覚悟はある。

是光がつけていた記録によれば、満彬はずいぶん東嶋商会と懇意にしていたようだった。

それなのにと思うと、薄情さも恩知らずも甚だしいような気がして、怒りが増した。

外はまだ雨だ。雷は近づき、はっきりとした雷鳴が聞こえていた。

真咲は振り返って時計を見た。文字盤はちょうどXI《11》、——亥ノ正刻だ。

ボーンボーン……、と、曇った音で鐘が鳴りはじめる。

この雨の中、こんな時刻に本当に来るのだろうか。

呆然《ぼうぜん》と文字盤を見たときだ。

コンコンコン。

見計らったように、玄関で、鉄のドアノッカーを叩く音がした。

真咲は、ゆっくりと玄関の方角を見た。

また、コンコンコン、と、ドアを叩く音がする。

真咲は暗闇《くらやみ》の中で息を止めた。

手紙の内容が本当なら、来訪者は東嶋なのだろう。だが宣親はもう休んでいる。こんな時間に来られたって金など返せるはずもないし、香典を巻き上げるつもりで来たなら、今日は一銭たりとも渡すつもりはなかった。出ていく約束は明日だ。都合がつく金は全部そのときに渡すつもりでいた。

夜逃げを警戒されたのだと思うと余計に腹が立った。今夜は満彬を悼むための夜だ。無礼にもほどがある。

「……」

無視しようかと思ったが、ドアを叩く音はやまない。

初めから出てこないことを知っているかのように、一定の間隔を置いて叩き続ける。焦ることもなく苛立《いらだ》つこともなく、代わりに一晩中でも叩き続けるという固い意思を聞かせるような抑揚のない音だ。

真咲は部屋を出て、気配を殺しながら玄関に向かった。玄関は真咲がいた部屋の、ちょうど屋敷の反対側になっていた。

廊下に並ぶ窓が、さっと白く染まって、床に窓枠が黒く映し出される。数秒遅れて地鳴りのような雷が鳴る。

続けて光る稲光に横顔を照らさせながら、真咲は奥歯を嚙《か》みしめ、足音を潜めて廊下を歩いた。

ドアを叩く音は鳴り止《や》まない。

このまま無視するか、開けて追い返すか。あるいはまったく別人の急用だろうか。

玄関手前のホールに差し掛かったとき、また稲妻が光った。一瞬、高い場所に嵌《は》まったステンドグラスが、大理石の床に鮮やかな葡萄《ぶどう》の絵を描き出す。

直後に落ちた大きな雷鳴に紛れるようにして破裂音がした。

何の音だろう。

ノックの音が続くドアを、真咲は睨《にら》みつけた。雷の音の中、真咲の足音が聞こえたようにノックの音が止む。

諦めたのだろうか。真咲が腰で結わえた前掛けの結び目を解《ほど》こうと、後ろに手をやったときだ。

両開きのドアのまん中辺りから、赤い火花が散った。ガキン！　と真鍮《しんちゅう》のドアノブが弾《はじ》け飛び、硬い音を立てて床で跳ねる。

「……」

あまりの出来事に、真咲は目を瞠《みは》って床を転がるドアノブとドアを見比べた。ドアノブが立てる金属音がホールに響く。

激しい雨音と雷鳴が戻ってくる。

ぎい……、と音を立ててドアが開いた。向こうには二人の男が立っていた。

二人の男は洋装で、眼鏡をかけた男は拳銃を腹の前に構えている。

真咲は呆然とそれを見た。追い出される覚悟はあったが、出ていかないからといって殺される羽目になるとは思わなかった。

「前田宣親の寝室を探せ」

雷の轟音《ごうおん》のあと、獰猛《どうもう》な声がした。低く、雷のように響く野性的な声だ。猟犬のように前に立っていた男が、拳銃を腰にしまい、鋭い足取りでこっちへ向かってくる。大柄な男も後ろに続いて中に入ってくる。

「……」

前田家の家人として、客人には丁重に応対しようと思っていた。借金の負い目もある、主に代わって、深夜の訪問に対する手数を詫びるくらいの度量もあった。だが、どうやらそんな余裕も必要もなさそうだ。

真咲は手にしていた短い薙刀《なぎなた》のような武器——長巻を確かめるようにくるりと一度回転させて正面に構えなおした。薙刀と言うには刃が長い。日本刀というには柄が長すぎるものだ。

眼鏡の男が真咲の気配に気づいて立ち止まる。

「ようこそお越し下さいました、東嶋さま」

すっと長巻の刃先を目の前に構えながら、真咲は笑った。

「——なあんて言うわけないだろ」

「柊一郎《しゅういちろう》さま!」

眼鏡の男は、後ろを歩いてきた背の高い男に、手で下がれ、と合図をしながら言った。眼鏡の男が拳銃を構える。拳銃が猟銃ほど当たらないのは知っていた。銃口をよく見れば避けられると思う真咲に、男がこちらに銃を向けた。

「！」

銃口を見た瞬間、無理だ、と真咲は思った。この距離なら拳銃は当たる。

息を呑む真咲に向けて男は引き金を引いた。だが発砲音がしない。弾詰まりだ。隙は見逃さない。

「お手数をお掛けして誠に恐れ入りますが、出直してこい、この下郎……！」

真咲はそう唸《うな》って、構えようとした拳銃の上に、脅すつもりで上段から長巻を振り下ろした。

「！」

ギン。と鈍い鉄の音がして、長巻の刃先が空中で止まるのに、真咲は目を瞠る。

「――……」

ずんと地響きがするような落雷がある。続けて走る稲妻が真咲の目に白く焼きついた。

窓から差し込む稲光に、ぬめるような鋼が光る。反り返る白銀の刃。長巻を受け止めているのは日本刀だった。

「伯爵家ともなると、お出迎えもひと味違うな」

柊一郎と呼ばれた男は好戦的に笑う。被《かぶ》ってくる雷鳴を押し割るような凶暴な声だった。

「……っ……」

力が拮抗《きっこう》する場所で、カチカチと合わさる刃が鳴っている。柊一郎は刀を片手で握っていた。上から押さえつけている真咲のほうが有利なはずなのに、力で刀を押さえ込めない。しかも長巻を支えられるほどの長刀だ。刀の重さだけでもそうとうなはずだった。

並みの腕力ではない。真咲はじりじりと日本刀の刃先を押し下げながら、嫌みな笑いで問いかけた。

「廃刀令は、海賊にはまだ届いていないのか？」

三年前、民間人の帯刀禁止令が出た。警官、軍人、一部の貴族を除き、刀を持ち歩くことは禁じられている。貿易商も当然従う。船の中ではどうか知らないが、船を下りれば金満家でも民間人だ。

「！」

「大礼服も金で買えるから困る」

真咲の嫌みを笑顔で受け止めた柊一郎は次の瞬間、力点を結ぶ刃先を一瞬下げて、低い方に滑った長巻の刃を撥《は》ね上げた。

とっさに肩が弾けるが、長巻の刃を回して構えなおした。真咲は心底蔑《さげす》む声を吐く。

「ほんと下衆だな。感心するよ」

大礼服とは華族に許される正装だ。成金具合もここまでくるとお見事だった。最近の爵位は金で買えるともっぱらの噂だ。町民の子も親が知れずとも、金さえ積めば爵位がもらえる。

真咲は、ひゅんひゅんと音を立てて、長巻を頭上で構えなおし、中段に構えて唸った。

「お貴族様なら礼儀をわきまえなされませ。挨拶《あいさつ》の品ひとつもなしに、主に目通りが叶《かな》うと思うなら笑止千万、いかにも下郎のすることよ！」

今度は脅しなしの本気だ。一太刀《ひとたち》で柊一郎の技量は分かった。いくら真咲が手練《てだ》れでも遊び半分では敵《かな》わない相手だ。

「！」

中段から斜めに切りかかると剣先で跳ねられる。そのままくるりと回して、一呼吸もなく今度は上段から打ち下ろす。だが、これも易々と弾《はじ》かれ、真咲はまた長巻の先を回して捌《さば》きながら、一歩間を取った。

野蛮きわまりない男だ。歯がみをしそうに忌々しく、真咲は柊一郎と呼ばれた男を睨みつけた。

本当に海賊だったのではないかと疑うくらい、柊一郎の剣捌きは《成金坊っちゃんのお稽《けい》古《こ》剣道》ではない。使ったことのある刃だ。油断がならない、と気を引き締めながら深く打ちかかる。

「く……！」

深く切り結び、今度は負けるかとジリジリと刃を震わせ、押し切ろうと男と肩を近づけたときだ。

間近にある男の顔を稲妻が照らす。彫りの深い顔立ち、微《かす》かな笑みの形に結ばれた唇。

「おまえは……！」

整った男の顔には見覚えがあった。

昼間、裏庭で真咲を助けてくれた、あの紳士だ。

「無事でよかった」

呆然とする真咲に、男は笑った。男は真咲がこの家の家人であることも知っていたのだ。

男は真咲の刃を簡単に振り払い、距離を取って、真咲に言った。

「ひ弱なのかと思えば、案外やるな。真咲は」

「！」

あの紳士が、東嶋商会——東嶋柊一郎だったのだ。

貴族用の芳名帳には、東嶋という名はなかったはずだ。たまたま通りかかったのか、借金を取り立てに来たのか、からかいに来たのか。

どちらにしても許しがたい——！

裏切られた。

少しでも慕った自分が馬鹿だったと思いながら、悔しい気持ちで、長い間合いで長巻の束を持ち替え、連続で真咲は剣を打ち下ろした。

柊一郎はさすがによく長巻を弾くが防戦一方だ。真咲の勝利に不安はない。

「……おまえは何だ？　真咲」

間を取った柊一郎が不可解そうな視線で真咲に問いかけてくる。

執事が振るうにはおかしな太刀筋だ。真咲は上段に鋒《きっさき》を構え、仕返しの気持ちを込めて不敵に笑い返した。顔と名前を知ったくらいで、自分のすべてを見抜いたつもりなら大間違いだ。

「今は前田家の執事見習い。その実、長巻の腕を買われて剣術御指南さ。室内で俺に敵うやつはいないない」

そう言って間を詰め、力を込めて長巻を打ち下ろす。長巻をはね除《の》けようとした柊一郎の長い鋒が壁に当たって柊一郎が息を呑《の》む。日本刀は室内で振り回すには長すぎて、思うように捌けないのだ。

長巻は元々室内で戦うことに特化した武器だ。形状は薙刀のようだが、丈が短い。狭い場所でも振り回せるし、束の付け根辺りを持てば、狭い廊下でも自由に回せ、振りかぶっても天井に当たらない。日本刀は頭上に振りかぶらなければ使えない。この屋敷のように天井が高くても、横に薙《な》がれなければ、日本刀など真咲の敵にもならない。

数年前、身一つで放り出された真咲には、たった一つ特技があった。長巻の腕だ。前田家で、用心棒と女中への指南を仕事にせよと命じられて前田家に迎え入れられたのだが、真咲が前田家を心底慕い、真面目で勤勉なのを見込んだ是光が、ゆくゆくは前田家の執事になるようにと、執事の教育もしてくれたのだった。

「なるほど、執事というにははしたないが、いい番犬だ」

「なんとでも言え」

不敵に笑いながら、真咲は言い返した。恩を返すためなら何でもする、宣親のためなら何にでもなる。

柊一郎は刀を構えたまま唸った。

「前田宣親に会いにきた」

「俺を倒してからの相談だ！」

迷わない気持ちを長巻に託して、真咲は続けて打ち込んだ。殺す気はなかった。押し込み強盗といえど、主の葬儀の夜に血を流す気はない。勝てないと悟って、真咲の罵倒《ばとう》を聞きながら負け犬のように逃げ帰り、明日の朝、本気の詫びを入れてくれればそれでいい。

両脇を壁に邪魔され、中途半端な角度で振り下ろされる日本刀を真咲は長巻で軽々と弾く。

万が一にも柊一郎に勝ち目はない。

「……」

勝てると思った瞬間、ふと、真咲の中に欲が湧いた。

もしも柊一郎をここで徹底的に負かして、あるいは命乞《ご》いをするくらいまで追い詰めたら、彼は借金の返済を待ってくれると言わないだろうか。

悪いが、と、今まであしらうように振っていた長巻を短めに持ち直した。力の差は歴然だ。真咲のほうが圧倒的に有利だった。悪いのは向こうだ。防衛以外に使うまいと決めていた長巻の腕を、金のために奮うのは禁だと思っていたが、抜き差しならない理由がある。

「——やあ！」

声を出して、真咲は本気で振りかぶった。柊一郎も素人《しろうと》ではなさそうだ。紙一重の一撃でなければ脅せない。

長巻の刃のない部分で、肩の付け根を狙《ねら》おうとしたときだ。

「いけません！　柊一郎さま！」

眼鏡の男が制止の声を上げる。柊一郎が、両手で握っていた日本刀を片手に持ち直すのが見えた。鋒が下がるのは、刃を上にした逆刃に持ち替えたからだ。

「……」

真咲は、呆然と柊一郎を見た。肩を、とん、と刀の背が叩く。突きだった。見えなかった。

眼鏡の男の制止で、とっさに刃先を逸《そ》らさなければ間違いなく、日本刀の鋒は真咲の喉を貫いていた。

「——く！」

肩に置かれた日本刀を長巻で払い、距離を取って構えなおすが二度目の突きが速い。弾くのが精一杯だ。おかしな構えだった。峰打ちならまだがわかるが、刃を上にして片手で突いてこようとする。長巻でもついていけないくらい狙いが鋭く、間合いが長い。

「ッ！」

柊一郎の鋒が真咲の髪の先を掠《かす》る。大きく後ろに間合いを取って逃げるとき、真咲は、あっと思い出した。

満彬の供で訪ねた貴族の屋敷で、西洋人が片手にかまえた棒のような剣で突き合う剣術を見たことがある——たしかフェンシングと言ったか——。

「く！」

上から叩いて押さえようとするが、巻き取る動きで搦《から》め捕《と》られる。床に叩きつけられるように落とされた刃先を再び切り上げようとしたときだ。

握った柄がふっと軽くなったあと、後ろでガランガランと長巻の刃先だけが滑った。真咲の手の中に残ったのは長巻の柄だけだ。刃先は居合のような鋭い切り口で切り落とされていた。

「そこまでだ」

と柊一郎が言う。

「……」

真咲はただの棒きれになった長巻を呆然と見つめた。さすがに棒きれ一本では、どう足掻いても勝てる気がしない。

真咲は長巻を床に投げ捨てた。肩でひとつ息をつき、悔しい表情で手を上げてみせる。

——白いフリルの前掛けの下から出す右手の先に、拳銃を握りしめて。

「世は文明開化らしいな」

にやりと笑って、真咲は柊一郎に向かって拳銃を構えた。怯《ひる》まない柊一郎が、険しい顔つきで日本刀を構えなおす。そのときだ。

「――今度こそ、ほんとうに終わりです、石田さん。柊一郎さまも」

柊一郎の背後から、眼鏡の男が構える銃口が見える。男の剣術の腕に夢中になっていて、弾を詰め直すに十分な時間が経《た》ったのに気づかずにいた。

「余計なことをするな、吉川」

真咲を見たまま、柊一郎が唸る。

「あなたのほうが余計です。ここにきた理由を思い出してください」

「犬ごときが生意気なことを言う」

忌々しげに柊一郎は唸ったが、そのまま大人しく構えをほどいた。

「銃を下ろしなさい」

ひどく明瞭《めいりょう》な発音で、吉川と呼ばれた眼鏡の男が、銃口を構えたまま真咲に言う。こんな時間にも執事のような服を着ているから、余計に冷徹な声音に聞こえた。

「あなたの銃弾が柊一郎さまに当たっても、私の銃弾があなたに当たります」

「俺かよ」

顔を歪める柊一郎は、簡単に日本刀を鞘《さや》に収めた。油断ではない。この距離なら引き金より居合が速い。

たとえこの一発がどちらかに当たっても、向こうには弾を込めなおした拳銃があり、それをはずしても柊一郎の日本刀がある。

真咲は銃を構えた手をぱたりと腿《もも》の横に落として、息をついた。

「卑怯者《ひきょうもの》め」

「俺もそう思う」

ちらりと吉川に視線をやって柊一郎が呟くのが聞こえた。強盗に卑怯も何もないが、真咲は本気で刃を合わせたつもりだ。だが柊一郎は仕合に来たわけではないと言うつもりだろう。

「拳銃を床に捨てなさい」

抜かりなく吉川が言う。真咲は、諦めて足元に拳銃を置いた。柊一郎がつま先で軽くそれを蹴《け》り払う。逞しく威圧的な身体だ。こうしてみると、柊一郎はずいぶん背が高い。

近い場所から柊一郎が言った。

「前田宣親に会わせろ」

「何をするつもりだ」

目の前から真咲を見下ろす柊一郎を、真咲は睨んだ。この家から取り上げるものはもう何もないはずだ。

「話を聞きたい」

柊一郎は低く応えた。

「貴様などに話すことはない」

「話してみないと分からないだろう。何ならおまえが話してくれてもいい、真咲？」

すぐ目の前にある真咲と柊一郎の胸の隙間を通るようにして上げられた柊一郎の手が、真咲の顎の先に触れる。払いのけたいのをぐっと我慢する真咲に、柊一郎は低く、唆《そそのか》すような声で言った。

「取引先の名を言え。おまえの主を殺した者の名だ」

「は……？」

あまりの心当たりのなさに、歪んだ笑いが浮かぶ。鼻先で笑った。

「旦那様は病だ。これ以上貶《おとし》める言葉を吐くならおまえと刺し違える覚悟くらいはある！」

撃たれようが斬られようが、絶命するまでに拳銃に走って引き金を引くくらいの時間はある。

どんな噂を聞いたのか知らないが、満彬は他人の恨みを買うような人物ではない。人がよすぎて馬鹿にされるのを悔しく思い、一方でその無垢《むく》さを誇りにも思っていた。それに満彬は急死ではない。脾臓《ひぞう》に水がたまる病で、数ヶ月前から床につき、先月初めに余命の宣告を受けて、宣親と自分たちに見守られ、穏やかに息を引き取った。

「傍目《はため》には病に見えることもあるやもしれん」

柊一郎は表情の厳しさを変えないまま答えた。問いただすような冷酷な声だ。

「痩《や》せ細って死にはしなかったか。うわごとはなかったか？」

「何を……」

病であるからいくらかは痩せる。熱があったからうわごとも言う。

「大きな金が動いた様子や、荷が動いたことがあるはずだ」

「それは……」

借金まみれの伯爵家だ。金は入るほど外に流れて、留《とど》まる暇もあらばこそだ。家の荷物も取り立ての人間が、借金のカタに差し押さえて運び出したものが幾つもある。

「旦那様は、まさか」

誰かに殺されたというのだろうか。

「心当たりがあるか。満彬は突然取り乱すことはなかったか。おかしなことを叫ぶことはなかったか——……」

「それは」

一瞬信じかけたが、その問いを聞いて真咲は我に返った。

取り乱したことはないと断言できた。

病が重く苦しくなっても、余命を悟っただろうときも、貴族らしく鷹揚《おうよう》に、自分の運命を受け入れ、ただひたすら穏やかだった。

——旦那様は最後までお静かで。

是光がそう言ったのだからそうだ。普段から温厚に言い聞かせるように喋《しゃべ》る人で、声を荒げたり意味のわからないことを言うことはけっしてなかった。

どういうことだろうと思いながら、柊一郎を見つめ返すと、柊一郎は嫌悪を浮かべた視線で、真咲の手首を摑んで引いた。

「何を！」

シャツの袖《そで》のボタンを外され、荒っぽくまくり上げられる。右と、左もだ。

「駄目ですね。ですが油断はなりません」

いっしょに覗き込んだ吉川が、期待外れと言いたそうな声を出した。

「何をする！」

真咲が叫んで自分の腕を引き戻すより早く、柊一郎は真咲の手を振り払うように解放した。

真咲を押しのけ、廊下の奥へと進もうとする。擦れ違いざま柊一郎は言い残した。

「今夜限りここを辞めて屋敷を出ていけ。腹が減ったならうちへ来るがいい。おまえの強さに免じて、飽きるまで飯を出そう」

「どういうことだ！　勝手に入るな！」

柊一郎の背広を摑もうと伸ばした指と柊一郎の間に、吉川という男が割り込む。

「どこへ行く！」

「前田宣親に訊《き》き出す。自分の家の取引先ぐらい知っているだろう」

吉川を押しのけ、柊一郎の背を摑んだ。吉川の銃口は真咲に据えられたままだ。

「坊っちゃんは何もご存じない！　外とは関係ない御方なんだ」

宣親は外部との関係を持たない。ここ数年、限られた人間としか面会していないし、自ら外に出ることもない。

「身体に訊けば思い出すかもしれないぞ？」

「やめてくれ！　何をする気だ！」

宣親が知っていようがいまいが、彼らは宣親を貶めるのが目的なのだ。そんなことはさせられない。たとえ宣親を連れてこの嵐の中、身一つで逃げ出すことになっても。

「やめてください。お願いだから！」

頼み込むしかなかった。彼らを止めたくても力ではもう勝てない。それにここで自分が殺されたら、宣親がほんとうに一人になってしまう。

「俺なら何でもする！　だから坊っちゃんだけは……！」

「刃物の次は泣き落としか。往生際の悪い」

柊一郎は縋りつく真咲を容赦なく振り払いながら苛立たしげな声で言う。

「お願いだからやめてください。今夜は……今夜だけは！　旦那様が亡くなったんです。お願いです！」

縋りつく真咲に、柊一郎が怪訝《けげん》な顔をした。

「この家のためにそんなに必死になったって、得られるものはもう何もないぞ？」

金も屋敷も、このままでは爵位さえ危うい前田家だ。潰《つぶ》れる家に尽くしたところで報いはないと柊一郎は言う。

そんなことは誰よりも知っている。首を横に振りながら、真咲は訴えた。

「関係ない。俺は何もいらないんだ！」

何かが欲しくて前田家に残ったわけではない。

「旦那様にいただいたご恩を、この先お返しするだけだから」

真咲の命を救ってくれたのに、満彬は真咲が礼を言うたび、一宿一飯を恵んだだけだと言って笑った。

でも運命を分ける日というのは必ずあって、真咲にとってまさにその日がそれだった。にぎりめしが二個と、レンコンとこんにゃくの煮付け。それがなければ自分は死んでいた。恩は一生だ。満彬との約束も一生だった。

「坊っちゃんは俺の命なんだ……！」

等しく換えられるものではない。でも真咲にとってはまさに宣親は命だった。宣親がいなかったらどうやって生きてゆけばいいか分からない。誰に恩返しをすればいいのか、何をすればいいのか想像もつかない。

「ふうん……？」

真咲の訴えに、柊一郎が皮肉そうな声を出す。

「お願いです……！」

廊下の向こうを背に庇《かば》いながら、真咲は真っ向から、柊一郎を睨みかえした。土下座をしろと言われればそうする。腹を切れと言われれば、宣親を絶対に守ってくれると誓ってくれるなら呑もうと思っていた。

「何でもする」

この窮地から、宣親を助け出せるなら、本当に、何だって――。

柊一郎は、真剣に乞う真咲を、軽蔑《けいべつ》の笑みを浮かべて眺めおろした。

「じゃあ、今宵《こよい》はおまえを駄賃としようか」

柊一郎に頰《ほほ》を撫でられ、真咲はきつく唇を結ぶ。

腹を切れと言われるか、橋から飛び降りろと言われるか。緊張しながら柊一郎の声を待つ。

柊一郎は、ネズミをいたぶる虎のような視線と声音で、真咲の耳を摑んで目を覗き込んできた。獰猛なのに冷たい。青い炎のような、憎しみの燃える目だ。

「膿《う》んだ牡丹《ぼたん》を手折りに来たが、可憐《かれん》な野バラも悪くない」

低い声が歌うように言って、真咲の唇を塞《ふさ》ぐ。

「……っ……！」

唇を吸われてとっさに押しのけたが許されず、また弾力のある接吻《せっぷん》で唇を塞がれた。

「ふ……！　……」

刃を交えた興奮で、柊一郎の唇は熱かった。唇を割ってくる舌の、ぬるりとした感触に戸惑う。

「何を……！」

柊一郎の腕の中で藻掻き、胸を突き押して慌てて離れる。

どういうつもりなのか。接吻なのは分かっていたが、男同士だ、戯れが過ぎる。辱めるつもりなのだろうか。だがそれで宣親が助かるならそれでいいと思った。

「うわ！」

離れた唇を拭おうと上げた手首を摑まれ、横に乱暴に退《ど》けられる。

唐突に足を払われ前にのめる。柊一郎の腕に縋ってなんとか立ちなおそうとしたが、そのまま床に押し込まれた。

「わあっ！」

ズボンの前に手をかけられて、慌てて柊一郎の手を押さえた。合わせのボタンをいとも簡単に引きちぎられる。

「何を……！」

まさか擦り切れたズボンをよこせと言うのではあるまい。脱がせて恥を搔かせようにもここは屋敷の中だ。

「ズ、ズボンがほしいなら、自分で脱ぐ！　から！」

擦り切れそうな自分のズボンで何がしたいのかわからないがとりあえず、と叫ぶと、吉川が後ろで、ぷっと噴き出した。

「やる気でけっこう」

柊一郎も笑ってそう言う。混乱のまま床で藻掻く真咲は、柊一郎の指の長い手に股間《こかん》を触れられて、びくりと震えて柊一郎を見た。

「っ……！」

切り落とされるのだと、とっさに悟って息を呑んだ。男のズボンを引きずり下ろして嬉しいはずはない。だが目的がそれだというならこれ以上はない罰だ。

「やめて、くれ」

想像するだけで冷や汗が噴き出す。痛いどころの騒ぎじゃないはずだ。脳裏を過《よぎ》る柊一郎の日本刀の輝きが、打って変わってとんでもなく怖《おそ》ろしいものに思えた。

「待って……！」

褌《ふんどし》を退けられ、弱い場所全部をやんわり手のひらで握られて泣き声めいた声を放つ。それが罰というなら仕方がないが、覚悟の時間がなくては怖ろしすぎる。

「え」

だが、予想に反して柊一郎の手は、縮こまった真咲の性器を退け、奥へ潜った。

「わ。あ？　何……を」

予想もしなかった場所に指を差し込まれ、遅れてうわずる声を上げる。

乾いたところに指をねじ込むように押し込まれる。ぎし、と軋《きし》むくらい噤《つぐ》んだ場所に指を差し入れられると、引き攣《つ》る痛みとものすごい摩擦を感じた。

「な……に……。痛……あ……」

切り落とされるよりマシかもしれないが、信じがたい場所に感じる痛みは強かった。こういう仕置きがあるのだろうか。恥ずかしさと屈辱、痛み。嫌悪感と屈辱が激しい。叩かれるより何倍もつらい。

「痛、あ。……あ。嫌、だ。何……!?」

擦《こす》られると熱く痛んだ。指を抜き差しされ、真咲は背中を反らしながら、身体の上に覆い被さる柊一郎を見上げた。

柊一郎は困ったような面白そうな複雑な表情で、真咲を見下ろしている。ぐっと指を深い場所まで押し込まれ、真咲は思わず、目の前にある柊一郎の肩を摑んで押しのけようとした。我慢できないほどではないがひどく痛い。堪《たま》らない苦しさがあった。見ず知らずの男にそんなところを開かれる理不尽さも耐えがたい。なにより鳥肌が立つ異物感が真咲に冷や汗を滲ませる。

柊一郎が、ふっと歪んだ笑みを浮かべた。

「こんなに別嬪《べっぴん》で手つかずか。おまえの主人は何をしていた？　伯爵はおまえに何も教えてくれなかったのか」

何をと言われてもわからない。満彬に拾われてからというもの、途中で途切れた読み書きそろばんを習いなおし、執事の何たるかを是光に叩きこまれる日々だった。寝る間を惜しんで膨大な銀食器を磨いた。満彬はそんな自分を見て、頼もしいな、と笑ってくれた。

「痛――――！」

ギチギチに嚙んだ身体の中に、二本目の指を差し込まれて、真咲は声を上げた。身体の中をこじ開けるように奥で指を曲げているのも分かった。

「や。……あ！　嫌、だ」

できない、と、身体が言う。そんなことをする場所ではないと、本能が逃げたがる。

柊一郎は、痛がる真咲に蔑むような笑みを向け、襟元のリボンに指を絡めて引きほどいた。

「一人前に痛いか。――……のくせに」

聞き取れなかった低い声を問い返そうとしたとき、ぐっと奥まで指を押し込まれて、真咲はひっと音を立てて息を吞んだ。

無理やり広げられる身体が痛い。柊一郎は手加減をしてくれる様子はなかった。

罰なのは分かっている。だが、なぜ柊一郎にここまでの嫌悪を向けられなければならないのか分からない。悔しさならまだ理解できるが、柊一郎から読み取れるのは軽蔑と嫌悪だ。

武道で言うならあれは仕合だ。剣を引いたら恨みはない。海賊から成り上がった柊一郎は、武道などお構いなしに、負かした相手をとことん踏みつぶす趣味でもあるのか。

「いや……だ。痛……、あ」

寒いのに身体が冷や汗で湿ってゆく。痛みを感じるたび、狭い身体を指で擦られるたびに、堪らない異物感と、我慢できない嫌悪感がぞわぞわと内臓の中を這《は》う。粘膜が軋むくらい、狭い身体を指で開かれると、柊一郎を摑んだ指が震えた。どう捉《とら》えればいいのかも分からない。ただ、息を浅くして柊一郎の気が済むのを待つことしか真咲にはできない。

「アレを貸せ」

柊一郎が言った。

「使うんですか？」

怪訝な声を返すのは吉川だ。

「俺にも慈悲はある。話も聞かなきゃならんだろう？」

「でも持ち帰るためのものですよね？　苦労して手に入れたものです」

「どうせ試さなきゃならないんだ。——おまえで試されたいなら話は別だが」

柊一郎が吉川に言うと、吉川は不承不承懐の中から小さな巾着《きんちゃく》を取り出して、柊一郎に手渡した。

紺色の巾着から滑り落ちてくるのは、小さな紅入れのような蓋《ふた》付きの丸い陶器だ。大きさは梅の実ほどしかない。

柊一郎は牡丹の花が描かれた、潰れた球型の入れものの中味を、まん中にある切れ目のところで蓋を開いて真咲に見せた。

強い外国の香のかおりがする。それより強く鼻腔《びこう》を刺す不快なにおいも。

「滅多に出ない高級品だ。これひとつで船が買える」

「何……。……っ……?」

見せられたのは白い膏薬《こうやく》だ。紙や布に塗りつけて傷に貼る軟膏でだいたいどこの家庭にもある。ただし前田家にある膏薬の入れものはちゃちなブリキの缶で、船一艘《そう》どころかお茶一杯と交換するのも気が引ける使いかけの日用品だったが。

「ひ……!」

指に掬《すく》った白い軟膏を、柊一郎は指を差し込んでいた場所に塗りつけた。

「ん。あ!」

軟膏で滑って楽にはなるが、その分指が深く入ってきて真咲に声を上げさせた。指の形の鮮明さが、知らない場所に指を含まされている現実を真咲に強く突きつけてくる。

身体の中を撫でられているのがわかる。中で指を広げられたり折られたりする不快感に握りしめた手を、目許に押し当てる。

「え――――……」

軟膏を塗り込めたあたりから、下腹が急にすうっと冷えた。身体の中に風が吹いたようだった。寒いくらいすうすうする感触が薄れてゆくに従って、今度は熱を上げはじめる。柊一郎が粘膜を撫でるたび、泉のように熱が滲み出す。下腹に湧きだした熱が全身に広がるのはあっと言う間だった。

「何……。何だよ、これ」

指を滑らせるための軟膏ではないのはすぐに分かった。火をつけた蠟燭《ろうそく》のように身体の中で蕩《とろ》けるのを感じる。水のようになった軟膏が、身体の中に染《し》みてゆくのも。

「う。あ、……あ……っ」

指を抜き差しするたびぎしぎしと軋んでいた入り口が痺れた感じとともに急に緩んだ感触がある。中も同じだ。なんとか指を吐き出そうとしていた動きが思い出せない。ぴりぴりと痙攣《けいれん》するばかりの場所を自由に指が出入りしている。

「あ――……!」

ぬっと奥まで指を挿された。痛みはどこにもなかった。粘膜に酒を注《そそ》がれたような熱が生まれ、肉を冒すように全身に広がる。

鳩尾《みずおち》の辺りが震えはじめた。下腹が燃えはじめる。

快楽だろうか。そんなはずはないと思うが、歯を食いしばって俯く視線の中で震えながら兆す自分の性器が見えている。

「こういう気分になったことはないか」

思い出せ、と言っているような声で柊一郎が言う。柊一郎の声が、耳の奥で滲んで聞こえた。

ない、と答えたつもりだが声になったかどうかは分からなかった。

不快と戸惑い、快楽との境がわからない酩酊感《めいていかん》に身体を満たされ、訳の分からない波に溺《おぼ》れそうになる。

「や……擦らない、で」

軟膏が溶けて水音がしはじめていた。異物感はより大きくなるばかりだが、痺れた場所は軋みさえ失ってゆく。

「熱……っ……」

不快なばかりの異物感が、うねりを持ちはじめた。脚の付け根が音を立てて疼《うず》く。

「え――……？」

戸惑っていた性器がぐっと張り詰めるのが分かった。真咲や柊一郎の目の前で、透明で粘りのある雫を垂らしている。

「違う。……っ……！」

細い声で言って、真咲はかぶりを振った。

こんなところに指を入れられて、感じているとは思いたくなかった。何か知らない感触が下腹で煮えている。だが真咲の知る快楽とはぜんぜん違っていた。強い弱いではなく、こんなのは知らない。無意識に背筋が伸び上がるような震えだった。

「一度か二度くらいはあっただろう？　酒を飲んだあとか、香を焚きしめた部屋に入ったことはないか？　妙に気分がいい、だがあとで吐き気があったことは？」

「分から、な……っ……！　あ。あ！」

酒を飲んだことはあるし、香を焚いた部屋にも入ったことがあるが、こんなこととは結びつかない。

「嫌……！」

頭の中はふわふわするくせに、腰を捻るると中で指が捻《ねじ》れてぞくぞくとした。痒《かゆ》みを感じるほど熱くなった粘膜を、柊一郎の指の節が擦ると安堵とも痺れとも言えない、堪らない射精感が走る。

「違う——……！」

楽しんでいるのではない、と、首を振ったが膨らんだ性器が柊一郎のズボンに擦れたとき、おかしな声が上がって、真咲は自分で驚いた。

目を瞠る真咲を、柊一郎は笑って見下ろしていた。

「こんな上物は滅多に手に入らないから、まったく別物に思えるかもしれないがな」

柊一郎はそう言って、真咲の身体から指を抜いた。ほっとするのか名残惜しいのか、空になった場所がひくひくと喘《あえ》ぐのを感じながら戸惑っていると、真咲が柊一郎を見上げる前に、腰に重い衝撃があった。

「あ……？　ア——！」

ぬるっと重いものが身体の中に乗り込んでくる。焼けた鉛のような大きな塊だ。

「あ——駄目……。駄目、だ！」

身体を押し開き、奥に乗り込んでくる。なめらかに含んだのは初めだけで、すぐにきつく合わさって動けなくなった。だが柊一郎はかまわず押し入ってくる。

どこまで？　と思うくらい深く肉の塊は真咲に埋められてゆく。

「ひ。……あ！　やぁ……、だ……！　嫌ぁ！」

柊一郎の両肩に腕を突っ張って押しもどそうとするが、腰を深く合わせてくる柊一郎の侵略は拒めない。内側から裂かれるような衝撃にがくがくと腰が揺れた。完全に床から浮いた真咲の腰は、柊一郎の腕に抱えられている。粘膜が密着するいやらしい音がしていた。ぴったりと隙間なく満たされて入るのがわかって混乱する。

「たっぷり使ってやったんだ。初めてでもイイだろう？」

何度か抜き差ししながら、柊一郎が深く沈んでくる。突き込まれるたび内臓を開かれるのがわかった。ぬるぬると身体の中を出入りする滑らかで大きな塊を拒む術《すべ》はない。

「嘘、だ。……嫌だ……！」

真咲は床に押さえ込まれながら悲鳴を上げた。

あんなものが身体に入るとは思えない。だが、身体の中で動いているのは間違いなく男の欲望だ。どこに挿れられているのかは、腰骨の中をなぞるような不快さで分かる。だから余計に信じられない。不思議なくらいに痛みが消え、そんな場所で自分が男に擦られて快楽を得ていることも。

「嫌、だ。抜いて……抜いて……ぇっ……！」

深い場所を擦られて、真咲は泣き声を上げるしかない。返ってきたのはからかうような柊一郎の掠れた声だった。

「一生に一回きりだ。天国を味わっておけ」

「嫌……！」

震える脚は閉じられず、柊一郎の律動を許すしかない。こんなところを割り開かれては、足をばたつかせる力も入らなかった。

「あ。……あ。うあ」

正気が戻る前に、熱湯を垂らされるような震えが腰から湧き上がってくる。中を擦られるたび、熱を上げ、ぴりぴりと震えはじめた。そこをまた柊一郎の肉で擦り上げられれば波のような熱が湧き上がって呑まれそうになる。

「嫌。だ。……こんなの嫌……！」

苦しいはずなのに、真咲の欲情は固く張り詰め、先端からたらたらと雫を零《こぼ》している。擦られるたびにはっきりとした快楽があった。真咲が知る快楽を軽々と超える。擦られるたびに波はうねって終わりがない。

「いやぁっ……！」

呑み込まれそうな、激しい快楽は真咲をただ怯《おび》えさせた。脳が白く弾ける。柊一郎を止める手立ても、自分が何をされているかも考えられなくなる。

長く抑揚のある快楽だった。今まで知る快楽がさざ波であるなら、今溺れているのはうねる大波だ。

「や……や。だ。……ひ」

大きな落雷の音がする。

柊一郎に大きく奥を犯されながら、切れ切れの泣き声を上げた。涙が止まらず、拒む言葉もろくに出ない。

快楽が苦しかった。とんでもない高さに追い詰められているというのに、放つ場所が見つけられない。

「吉川」

真咲を組み敷いていた柊一郎が低い声で吉川を呼んだ。他人の目の前でこんなことをされているのを思い出し、羞恥《しゅうち》に燃える暇もなかった。

「うああああっ……！」

柊一郎の腰を挟んでいた脚をまとめて左に倒される。そのまま這わされて、身体の中の楔《くさび》が中を抉《えぐ》るのに真咲は高い悲鳴を上げた。

「嫌だ。苦し……っ……！」

さっきより深い場所まで押し込まれて真咲は悲鳴を上げる。だが発音は曖昧《あいまい》で、自分で聞くのが怖くなるような甘さが滲んでいた。

「あーっ……あ。あ！」

苦しさの中につかみどころのない酩酊と快楽がある。怖くて逃げ出したいのに、身体は柊一郎の肉を引き抜かれる一瞬を惜しんで纏《まと》わり付こうと蠢《うごめ》いていた。

「ん……ふ。……あ」

前に這い出して真咲を貫く柊一郎の肉杭《にくくい》から逃げ出そうとするが、腿は震えて腰を支えられない。腕も同じだ。這い出すどころか肩を上げることもできなかった。

ぬかるみのような音を立てながら身体の芯を突かれて悶《もだ》える。恐怖と、度を越えた快楽で何も考えられない。

「ひ。……っい、ア！」

混乱のまま涙を落とし、床にうずくまろうとした肩を、後ろから摑み起こされて、真咲ははっと息を呑んだ。胸に腕をかけられる。

柊一郎は、前に垂れていたフリルの前掛けを端を摘《つ》まんでめくり上げた。

柊一郎が目のまえに立っている吉川を眺めた。

「初めは肝心だ。舐《な》めてやれ」

吉川は心底嫌そうな顔をして、真咲を見下ろしている。

「——舐めろ。吉川」

真咲だけではなく、吉川をもいたぶる口調で、柊一郎は命じた。

吉川は、目を伏せて少し黙ってから、静かに真咲の前に膝をついた。丁寧な口調でさりげなく柊一郎を罵倒していた生意気さは見えなくなっていた。

吉川はナプキンを扱うような手つきで真咲の前掛けを上に退けた。下腹に吉川の長い指が触れる。細めの指が、真咲の淡い茂みを掻き分けた。軽く首を傾《かし》げて吉川が真咲の下腹に唇を寄せてくる。

「わ、ああ！」

少し温度の低い舌で先端に触れられて真咲は裏返った悲鳴を上げた。ちろりと舐められるだけで全身に火花が走る。やわらかくぬるぬるしたものが、先端を包み、敏感な場所をそっと撫でてくる。

「駄目。……やめ、ろ……！」

吉川の舌に垂らした蜜《みつ》を舐めとられた。舌で先端を割られると、全身がガクガク揺れる。

嬲《なぶ》るように丸い実の裏側を舐められる。その間も身体の中を行き来する柊一郎の動きはやまない。

動転の心地が去り、正気が戻ってくるはずの場所にはおかしくなりそうな快楽と混乱が溢れていた。

後ろから伸びた柊一郎の手が、真咲の胸元のボタンを外す。胸当ての肩ひもがずり落ち、露《あら》わになった胸元を柊一郎は撫で、胸の色づく場所を、きゅっと指で摘み取るくらい強くつまむ。

「あ！　ん」

一瞬の痛みのあと、広がる痺れは甘い。その後は爪《つめ》を立てられても、指の腹で擦られてもじんじんと熱いばかりで、真咲を喘がせるだけだ。

ずるずると身体を擦られて全身で熱を上げる。自分の欲情を他人の口に含まれるのも初めてだった。

「や……あ。ああ……！」

顎を突き出し、舌を出して溺れるような息をする。泣きじゃくる吐息が聞こえるが、それが自分のものとは信じたくなかった。涎《よだれ》が顎に流れるのがわかる。乳首を弄《いじ》られて身をくねらせる自分自身が信じられない。喘ぎが漏れ続ける口を閉じることができなかった。

「こんな……の……」

途方に暮れる気持ちで真咲は呟いた。手で得る快楽は知っているし、女性との関係を想像したこともある。だがこれは別物だ。悪夢のようだった。

「あ……！」

ふと、軟膏のことを思い出した。あれのせいに違いないと真咲は思った。そうでなければ、こんな。

「あの、——軟、膏……」

あの軟膏の中味は何なのかと聞きたくて口を開いたが言葉にならない。それより先に、「吉川」と、不機嫌な声を出した柊一郎が、真咲の脇腹の辺りから前に手を伸ばした。

「んう！」

柊一郎の両手が、吉川の髪を掴む。息を呑んだのは真咲の方だ。柊一郎は吉川の髪を掴み、真咲の下腹に押しつけた。

「やる気を出せ。東嶋にすまないと思うのなら」

「ん……うう。く……！」

真咲の意思とは無関係に張り詰めた欲情が、吉川の喉奥に当たるのが分かった。

「ぐ……」

唇で、じゅうっと吸う音がする。

「そうだ。犬二匹。イイ趣向だな」

「――！」

柊一郎が喉奥で笑うのを聞いて、怒りが込みあげたが、思考はそれまでだった。

「あ。やあ……っ！　あ。ア！　ひ、っイ――！」

あとはただ、粘膜と熱の記憶だけだ。充血した内臓を柊一郎の肉欲に擦り上げられ、吉川の手慣れた口淫《こういん》に追い詰められる。

「ン――ッ！」

千切れそうなくらい、爪で乳首を引っ張られ、ぼろぼろに泣きながら達した。そのまま灰になって消えてしまいそうな快楽だった。

極めたとたんに吉川の口から跳ね出して、白い粘液が吉川の眼鏡にかかってしまった。吉川は眼鏡を手の甲で拭い、曇らせたまままた脈打つ真咲の欲情を咥《くわ》え込む。

何度精を吐いたか覚えていない。間に何度も、何かを訊かれたが、真咲は何も答えられなかった。

「う……」

暴力的で、凶暴で、屈辱で、でもどうしようもない快楽が真咲の意識を呑み込む。

何度目かに射精をしたあと、急に吐き気が込みあげて、真咲は床に倒れたまま吐き戻した。

それを眺めた柊一郎は興ざめしてしまったように、手早く真咲を揺すって、身体の中で欲望を吐き出した。

「――っ、ぐ……。う……！」

床に横向きに倒れ、咳《せ》き込みながら吐いた。気分が悪くなって吐いたというのではない。食あたりのような、抗《あらが》いがたい強烈な吐き気だ。胃の中のものが喉に込みあげ、堪える暇もなかった。

上下がわからなくなるような激しい目眩がする。目を閉じても渦のような回転が止まらない。そんな真咲を見ながら、深刻な声で柊一郎が言った。

「コイツは無関係かもしれん」

「今頃言いますか」

と言う吉川の声は掠れている。朦朧とした目で見上げると、眼鏡を白く曇らせたままの吉川が、白いハンカチで口許を拭っていた。

「……の割には悦《よ》がってましたが」

靴で踏みつけそうな冷たさで、吉川は吐き捨てる。柊一郎は嫌そうな声を出し、廊下の奥を見やる。

「薬が上物とはいえ、常習というには効きすぎだ。やっぱり宣親本人に会うしかないな。行くぞ、吉川」

目の前で磨かれた革靴が踵《きびす》を返す。

真咲はそれに必死で手を伸ばした。

「待……て……」

肩すら起こせない。指しか届かなかった。

よろめきもしないが、柊一郎は足を止めた。絶対この指を離すまいと真咲は思った。

冷たい視線が落ちてくるのを感じながら、真咲は必死で声を絞り出す。

「待って、くれ。……約束、だ。坊っちゃん、に、……会うな」

真咲は懇願した。

「今夜は、このまま……、引き、払ってくれ」

質問には全部答えた。陵辱《りょうじょく》も許した。

身体の辛さも屈辱も、朝までの、たった数時間の猶予と引き替えでいい。満彬を喪った悲しみに暮れる宣親を眠らせたい。何としてでも満彬を悼むための夜を守りたかった。

柊一郎が見下ろしているのが分かった。真咲はズボンの裾に指を這わせ、さらに深く柊一郎の足首を摑んだ。

行かせない。命が尽きるまでは絶対にここを通さない。

「……執事見習いにしておくには惜しい根性だな」

呆《あき》れたように柊一郎は笑った。

「わかった。おまえの忠誠に免じて、明日出直そう。せいぜいめかし込んで出迎えてくれ」

海賊崩れというにふさわしく、ネクタイや背広を着乱した柊一郎が言う。

自分の吐瀉物《としゃぶつ》と、精液がなすりつけられた廊下に、潰された虫のように真咲は這っていた。ぐるぐると回る視界で、睨みつけるようにして目を眇めると、真咲から離れる柊一郎が見えた。

「ごきげんよう――」

茶番のように似合わない貴族風の挨拶を残して、雷鳴の中、柊一郎と吉川は、元来た廊下を去っていった。

柊一郎の部屋は、東嶋の屋敷の二階にある。庭に向いた見晴らしのいい部屋だが、雨が降り続いて窓からは星も見えない。

ランプを灯した部屋だ。かすかに白み始めた窓に、椅子に座った半身を映していると、小さなノックの音がする。

柊一郎の許しを待たずにドアを開けるのは執事だけだ。執事は黒子に徹するから、いないものと見なして自由に空間を行き来するのが通例だった。

案の定、ドアの向こうから現われたのは吉川だ。吉川は柊一郎より五つ年上だが、未だ結婚する気配がない。入室してくる吉川を追うように革張りの椅子を回し、机に向き直って柊一郎は口の端を歪めた。

「夜這いか」

吉川は、冗談に応える律儀さも見せずに言う。

「窓から灯りが見えましたので、ランプを消しに上がりました」

「ほんとうにおまえはおもしろくないな」

「どうも」

柊一郎のため息に一言応えて、吉川は柊一郎の机の前にいき、少し離れた場所から話しかける。

「薬を使うとは思っていませんでした。そんなに彼が気にくわないのですか？」

「何のことだ」

吉川はほの暗く灯るランプの灯りのなか、窺《うかが》うような視線で柊一郎を見ている。

「あなたの下半身がヤンチャなのは知っていますが、ああいうのは初めてのような気がして」

「おまえな。主に対して遠慮がなさすぎだろう？」

柊一郎は、ため息をついて机に軽く頬杖《ほおづえ》をついた。

「ああいう人間の身体を楽しんで、何が悪い？」

軽く吉川を睨んで柊一郎は応える。

「まだ決まったわけではありません。どちらかと言えば間違いの可能性が高い」

「だが無関係のはずはないんだ」

同じ家にいながら、前田家の異変にまったく気づかないはずはない。

柊一郎は眉根《まゆね》を寄せ、指で軽く額を抱えてため息をついた。

雨の中、出会ったときには、ひどく美しいものだと思っていた。

――旦那様に……、差し上げようと――。

雨の中、手向けられようとした粗末な野バラは、真心の証《あかし》のように柊一郎には見えた。前田家の関係者には違いないと思ったが、まさかあの屋敷に残った最後の従者だとは思っていなかった。同じ家の中にいながら無関係のはずはない。宣親の側なら絶対と言っていい。しかし――。

「考えごとは明日、なさったほうがよいのでは？」

瞼を伏せる柊一郎を見逃さないタイミングで、吉川がすすめる。

「いつから俺にそんな口を叩けるようになった」

問い返すと、吉川は執事らしく静かに口を噤んだ。

自分らしくもない、と、確かに柊一郎も思っている。貴重な軟膏だ。量も使いすぎた。初めての身体なのは、柊一郎にも分かった。

――坊っちゃんに会うのはやめてくれ……！

なぜそこまで身を挺《てい》して、主を守ろうとするのかと、思わず問いそうになった。給金をもらえなくなるからか、自分の立場の悪さを知っているからか、それとも他に、主に会われては困る理由でもあったのか。

その理由も彼の真心からだと言うのなら、冷徹に引きちぎって捨てるべき幻想の糸がひと筋だけ残ってしまう気がする。

柊一郎は吉川を待たせて疲れたため息をつく。柊一郎がベッドに入るまで、吉川はランプを消すのを待つのは知っていたが、もう少しだけ時間がほしい。

「……」

自分は、真咲と名乗った若い執事が、前田家の人間だと信じたくなかったのだろうか。裏切られた気がする、と戯れに過ぎる考えに、考えごとの終わりを見た気がした。柊一郎は苦笑いをして椅子から立ち上がる。

「あなたは」

ベッドに向かう背に声を掛けられて、柊一郎は吉川を振り返った。

「もう少し、ご自身のお気持ちを大切になさったほうがいい」

叩かれる決心などとっくについている様子で、珍しく吉川がそんなことを言う。さらに続けた。

「人は単なる情報ではありません。それに柊一郎さままで、いつまでも東嶋家に縛られる必要はない」

吉川が人をよく見ているのはいつものことだが、もしも吉川が言うことが真実だとしても吉川の提案はまったく意味がないことだ。

緊張した面持ちで立つ吉川を、柊一郎は目を細めて見つめた。

「俺がこんなことをやっているのは、東嶋家の為《ため》だけじゃない。ただ憎いんだ」

そう言い残して寝室に向かって歩きながら、柊一郎は緩んだネクタイを床に抜き捨てた。

「この道を辿ると決めたとき、覚悟は決めた。大義は正義だ」

柊一郎には大きな目的がある。目の前の花に気を取られ、大義を見失うわけにはいかなかった。

「誰かを特別に思っている暇などない」

あの執事が気に掛かるのだろうと言いたげな吉川に対してそれが答えだった。

彼の手に握られた、粗末な野バラ。

あんな風に想われたいと願ったかもしれない。だが、それも裏切りで返された。

誰か一人を特別に思えというなら、そんな暇はないと答えるしかない。

空は暗いがもうすぐ夜明けだ。

迷う暇などどこにもないと、柊一郎に言い聞かせるようだった。

鏡に映して、真咲はネクタイの結び目を確かめた。

顔は蒼白《そうはく》を通り越して土気色で、手の震えも収まらないが、そんなものはどうだっていい。前田家の家人として恥ずかしくなく東嶋を迎えなければ、これこそが前田家の名折れだと真咲は歯を食いしばった。

割れそうに痛む腰をぐっと伸ばす。身長はそんなに高くないが、姿勢がいいのが真咲の取り柄だ。明るい髪色で毛先だけが少し癖毛だ。本来執事は撫でつけるか掻き上げるか、額を見せるのが決まりなのだが、在りし日の満彬に、撫でつけないのが真咲らしいと言われてそのままにしていた。客人が連れてきた柴犬と見比べながら言われたのを忘れないが、お陰で清潔な範囲で、遠慮なく堅苦しくなくいられる。

白くなった唇を噛み、頬を手の甲で擦る。あちこち跳ねた髪を水で濡らして手櫛で整える。真っ黒な目の隈以外はいつもの自分だ。泣きはらした瞼は、葬式の翌日だから当然なのだと思うことにした。

昨夜、ひとしきり吐いたあとベッドに倒れて一時間ぐらい眠ってしまった。それから廊下の掃除をし、泥の足跡がついた玄関と廊下を掃除した。氷が張りそうな気温の中、井戸の真水で身体を清め、白湯《さゆ》を飲んだら身体がまた震えはじめた。

ふらふらとして真っ直《ま》ぐ《す》に歩けず、目眩と吐き気が尋常ではない。なにより身体に残った熱が疼くほどひどくて、感冒でもここまで苦しくはないだろうと思うくらいの熱が出た。掃除を済ませたあと、真咲はもう一度布団の中で丸くなった。下半身はあちこち骨が割れたのではないだろうかと思うくらい、ガクガクとしておぼつかなかった。柊一郎が荒らしていった場所が疼痛《とうつう》を打つ。それを数えてほんの数秒かしか目を閉じていない気がしたのに、目を開けると空が白かった。慌てて布団を這い出す。全身に、筋肉痛に似た激痛があったが意地でも起きだした。吐き尽くしたせいか、いくらか気分は楽になっていた。

葬式の直後だ。それなりに屋敷の中は整っていたが、家人の意地にかけて、東嶋の人間に不調法なところは見せられない。

声が嗄《か》れていたから砂糖を舐めた。喉が妙に渇く。

だが絶対にそんなことは悟らせない。真咲は奥歯を噛み締めてから、姿勢を正し、玄関に立つ。震える内腿を引き締め、意地でも真っ直ぐ立ってやった。

貴族同士の面会というのは面倒だ。

気心知れた仲なら先触れのみで、すぐに本人が来るが、用事がきっかけの初対面となると、ほとほと面倒な手順が必要になる。

まず、主の意向を受けて内々に執事同士が相談し、面談になる可能性があれば、会いたい方から問い合わせの手紙を出す。返事は招待状という形で、さらにそれに了承の返事を出す。それから初めて、細々とした時間や人数などの打ち合わせが始まる。

だが今回は、そんなことをしている暇もないので、手続きはすでに行なわれたこととして、いきなり当日を迎えることになった。面会を希望するのは東嶋の方だ。無礼きわまりないことだが前田家には拒みようがない。宣親も東嶋家の無体をこらえると言ってくれた。

招かれるのは昨夜の男、東嶋男爵家、次男、柊一郎だ。男爵家を継いでいるのは長男らしい。東嶋商会副社長。絵に描いたような新興成金の坊々《ぼんぼん》だ。

先触れが到着し、続いて土産物が持ち込まれる。今回はさらに前田家に持てなしの準備ができないことを見越した東嶋家から、焼き菓子とウィスキー、紅茶の茶葉が持ち込まれた。

次に現われるのが執事だ。

「――東嶋家、執事補佐、吉川仁史《ひとし》でございます。以後どうぞ、よろしくお見知りおきを」

胸の前に白手袋の手を添え、慇懃に頭を下げる眼鏡の男。

「前田家、執事補佐、石田真咲でございます。本日はようこそお越し下さいました」

よくもぬけぬけとそんな取り澄ました顔ができるものだと、曇り一つない眼鏡の向こうで伏せられる吉川の瞼を見ながら、真咲も口上を返す。声が震えそうになるのは、怒りだろうか恥ずかしさからだろうか、それとも全身筋肉痛になるくらい快楽に溺れた身体と薬のなごりだろうか。

昨夜強盗まがいの様子で前田家のドアノブを破壊して押し込み、あんな不遜《ふそん》な口を利いて、自分に銃弾を叩きこもうとした上に、真咲の恥ずかしい飛沫《しぶき》を浴びたとは到底思えない、気取った様子で吉川は姿勢良く立っている。

年齢は三十間近な頃だろうか。神経質そうな容姿をしていた。やせ型の身体を包む、飾りが少なく大人っぽい仕立ての燕尾服とシャツ。アスコットタイは当世流行の深い臙脂《えんじ》だ。撫でつけず、髪に掻き上げるような櫛目を入れるのも今風だと言うことだ。執事を見れば家が分かるというが、いかにも海外から最新を取り入れている金満家の執事の様子だった。見下す視線は昨夜のままだ。唇の色が赤いのは、真咲を擦ったなごりかもしれないと思いつくのを真咲は必死で払った。

「……」

居たたまれない気分になりながら、何もなかったふうを装って、吉川を家の中へと案内した。

会談に使う応接室と、そのとなりにある茶などの下準備をする控えの小部屋を案内する。食糧保管室《パントリー》と呼ばれる執事のための準備室だ。台所はさらにこの奥にあって、ここでは細々とした会談の世話が行なわれる。コンロが一口と今日使うカップと同じ柄の予備と、ペンや便箋《びんせん》の予備、暦など、主が会談に集中するための道具が詰められていた。

「さすが、見事な銀製品ですね」

ワゴンに揃《そろ》えられた予備の銀食器を見ながら、吉川が言う。

「どうせ、あんたんちのものになるんだろう？」

おべっかを言う必要はもうどこにもなかったから、そのまま受け取って嫌みを返した。

「そのくらいの口が叩ければけっこう」

吉川は冷ややかに笑った。薬の残り具合を確かめたつもりらしい。馬鹿にしている。吉川は紺の別珍の上に並べたティースプーンを拾い上げてしげしげと眺め下ろし、また元の位置に戻した。

「そうですね……。格式はお高いようですが、デザインに歴史がおありなようで。未熟な当家にはとても使いこなせるお品ではないようです」

「なるほど、色事以外にも、アンタの口は達者なようだな」

言葉はやわらかいが《デザインが古すぎて使いたくない》という馬鹿にした拒否だ。悔しいが、新しい外国の品には、さすがに貿易商に長がある。

「しかし、これらも純銀の塊としてお預かりすることになるでしょうね」

容赦のないことを吉川は言う。スプーン一本残さず、金目の物を巻き上げるつもりだ。

今朝早く、宣親を起こしに寝室に行くと、宣親はすでに身なりを整えて窓辺に座っていた。出ていかねばならないのだろう？　と寂しそうに言うから真咲は、昨夜東嶋家から内々の訪問を受けたことを打ち明けた。

交渉の内容は聞き出せなかったが、東嶋が宣親と話したいことがあるらしいと伝えた。少なくともそれが終わるまでこの屋敷にいてもいいのだと、話していいことと悪いことを必死でより分けながら宣親に説明した。

応じなければほんとうにここから出ていかなければならない。だがもしも宣親が「東嶋と会うくらいなら出ていく」と言うなら真咲もそれでいいと伝えた。

宣親は少し考え込んでから、「東嶋と会おう」と言った。不安だと真咲は宣親に伝えた。相手は海賊上がりのような猛々《たけだけ》しい男だ。真咲にあんなことを平気でするような野蛮な人間を宣親に会わせたくはない。それに、ただ話し合うにしたって、世間知らずの宣親は、東嶋の都合のいい提案に簡単に丸め込まれてしまいそうだ。

真咲は正直に思ったことを打ち明けた。相手は商人上がりだ。借金をかたに、あらぬ条件を吹きかけられるのではないかと心配だ、と。葬式の翌日に、金の相談をしにくる人間などまったく信用できない。宣親の経験不足につけ込んで、きっと無理難題を押しつけてくるに違いない。

そんな真咲に、宣親は苦い笑いを浮かべて答えた。「今以上に侮られることもあるまい」と。

「ところで、石田さん」

吉川が切り出した。

「ご当主、宣親さまはほんとうにお身体が虚弱でいらっしゃるのでしょうか？」

真咲は素っ気なく横顔を向けたまま答えた。

「吉川さんが言ってる意味がわからない。それが東嶋家に何の関係が？」

身体が弱いなら情けをかけて屋敷を追い出さないとでも言うなら答えるけれども、昨夜自分にあんなことをした人間が、宣親の体調を労るほど慈悲深いとは思えない。

「いえ、ただ珍しいな、と思いまして」

真咲の顔色を視線の端で窺いながら、吉川はカップを改め、英国製の紅茶の缶の封を切る。

「いくらお身体が弱くとも、御年《おんとし》十五になる今も、一度もお上に拝謁に上がったこともない。当然どこの家のサロンにも出向いたことがない。御用商人にも宣親さまのお姿を見たものがいない、勲章の授与式も体調不良を理由にご欠席なさっている。園遊会にも一度もお出ましになったことがない。よほどの事態です。それに未だにお写真もない。伯爵家の嫡男でありながら、ですよ？」

吉川は不躾《ぶしつけ》な質問を淡々と続ける。

「ベッドから起き上がれないほどのご病弱かと思うけれど、屋敷に医者《おさじ》が通う気配もない、薬屋とも取引がない。そもそもそんなご病弱のかたが、ご入院やご静養がないまま、この屋敷で十五年も過ごすのはおかしいと思いませんか？」

「ずいぶん嗅《か》いだな、犬野郎」

「お褒めにあずかり。あなたも大差はないようですが」

柊一郎の言葉を思い出して罵《ののし》ってみるが、言われ慣れているように吉川はさらりとかわした。そして切り込む。

「――宣親さまはご存命なのですか？」

「自分が何を言ってるか分かってるか。吉川さん」

この家の身辺を漁《あさ》りまくった挙げ句、勘ぐった結果と言うにはあまりの問いだ。

吉川は当然の推測のように、えらそうな声を出した。

「ええ。私も柊一郎さまに幽霊と面会させるわけにはいきませんので。宣親さまが、前当主とはなさぬ仲の御方との子であることは社交界でも有名ですが、ならばなおさら積極的に社交界に出て、一人でも多くのご友人を探し、後ろ盾を募って、地位の高い女性との婚姻をお求めになるが道理。それをなさらないとなると、想像は絞られます」

政府からの補助金欲しさに、幼い頃に死んだ宣親を今も生きていると見せかけてすごしているのではないかと彼は予想したらしい。

そういう噂が立っていることは真咲も知っていたが、面と向かって言ったのは吉川が初めてだ。真咲は静かに応えた。

「生きてるよ。好き嫌いが多くて食が細くて寝穢《いぎたな》いけどね」

手の掛かる主人だけれど、そんなところまでがなにより貴族らしいと、真咲は思っている。

怪訝な顔で吉川が真咲を見る。説明する気はないと、真咲が視線を逸らしたときだ。飾り時計が、ちん、ちん、と、鐘の音を鳴らした。

真咲は宣親を呼びにゆき、応接室に入れた。先に玄関に出ていた吉川と並んで扉の外に立つ。

時間通りに馬車が到着した。最新の布地で仕立てた背広を着た柊一郎が、小姓《こしょう》を従えて馬車から降りてくる。

「ようこそお越し下さいました。東嶋さま」

真咲は丁寧な声で言って、玄関前までやってきた柊一郎に深く頭を下げた。

昨夜の、海賊のような粗暴な鳴りは潜めている。いかにも上流階級の紳士らしく、後ろに撫でつけた髪で、品の良い背広を着ていると一端《いっぱし》の貴族のようだ。彫りが深い顔立ちが、写真を見ているように男らしい陰影を際だたせていた。

整っているが、獰猛な顔つきだと思う。

この男が昨夜、自分の身体の深くを荒らしていったのかと思うと、恨みと、怒りを越して殺意めいた感情が湧き上がるが、ぐっと堪える。ツケは払った。これで終わりだ。

柊一郎は薄い微笑《ほほえ》みで、真咲を見下ろし、目の前に開かれたドアをくぐった。柊一郎のお供はここで吉川に交替だ。小姓を外に残したまま、真咲は玄関の厚いドアを閉める。

「おかしな具合だな」

誰に言うでもなく、柊一郎が呟いた。喉に怒りが込みあげるが、確かに、と真咲も思う。

昨夜ここで刃を打ち交え、身体の関係を持った三人が、紳士と従者を気取り、素知らぬふりで同じ廊下を歩いている。

罵りたかったが、煽《あお》られたら負けだ。まったく無視して真咲は歩いた。

さりげなく先頭に立った真咲は、応接室のドアをノックした。中から「どうぞ」と声が返る。吉川が眉を顰《ひそ》めるのが分かった。

真咲はドアを手前に開く。

この奥に隠されているのは前田家の秘密だ。

悪趣味だと思ったが、真咲は柊一郎の横顔を凝視した。どういう顔をするだろう。あれだけ嗅ぎ回って《死んだ》という推測しか出ないということは、上手《うま》く隠し通せている証拠だ。是光のお手柄というより他にない。

「……」

息を止めて目を瞠る柊一郎に、真咲は意趣を返した心地になった。

「——今日はようこそお越し下さいました、東嶋さん」

まだ少年のなごりが強く残る声。背広が似合わない華奢《きゃしゃ》な体格。

「初めまして。前田宣親です」

榛色《はしばみいろ》の髪に、碧眼《へきがん》だ。肌は陶器のように真っ白だった。異国の風貌《ふうぼう》。宣親が容易《たやす》く人前に出られない理由が、前田家の秘密そのものだった。

気圧《けお》されたように一瞬肩を引いた柊一郎は、うわずった息をひとつ吐いた。面白そうな笑みを浮かべたあと、入り口から丁寧に礼を取る。

「初めてお目にかかります。前田さま。私は東嶋男爵家、次男の柊一郎と申します。本日はお招きいただき、ありがとうございます」

秘密の価値に満足したらしい柊一郎は、礼儀正しくそう名乗って室内に入った。吉川は複雑な表情をしている。動揺を抑えているのだろう。交渉の場で相手の推測不可能な場面を作り出すのは重要な戦略だというのが是光の教えだ。

宣親の母親は英国人だった。外交官の娘で、満彬と恋に落ち、そっと宣親を産んだあと英国に帰国したということだった。結婚していない満彬に子どもがいることについて、真実として出回っているのは《宣親は芸者の子らしい》と言う噂だ。なるほどもっともらしいが、珍しくはない話だった。ほんとうに芸者との間の子どもなら、いっそ知らん顔で社交界に出していただろう。

宣親は榛色の髪に碧《あお》い目を持っていた。小さな頃は金糸雀《カナリア》のような金の巻き毛だったと是光が言っていた。大きくなったら色が濃くなることもあると言われ、人目を憚《はばか》りながら育てたという。飴色《あめいろ》のまつげ、尖《とが》った鼻先。唇は血が透けて薔薇のようだ。幼い頃のようにいかにも輝くきらきらしい金髪ではなくなったが、灰色がかった榛色より色は濃くならないようだ。

この姿で、今後いかに社交界に出ていくか。満彬と宣親が頭を痛めている途中での満彬の病だった。

してやられたような表情の柊一郎と宣親が握手を交わして、向かい合ったソファに腰を下ろす。まずは一勝だ。

「当家が大変ご迷惑をお掛けしています」

切り出したのは宣親だった。この屋敷を担保に貸りた金は莫大だ。その金を返せないとなると、借り入れ先である東嶋商会と共倒れする事態にもなりかねない。だが、柊一郎は余裕で答えた。

「迷惑というほどではありませんが、約束は約束です。見通しはいかがですか?」

返済のあてはあるのかないのか、という話だ。当然そんなものはない。資財を管理してきたのは是光だ。自分は是光から帳簿を引き継いだから、前田家に心底金がないことを知っている。

「……」

「宣親さま」

答えられない宣親に、胡散《うさん》臭い猫なで声で柊一郎は切り出した。

「ひとつ、ご提案があります。もしも、宣親さまが前田家に御養子をお考えでしたら……」

「通行証を売りたいんだが」

柊一郎の声を邪魔するように宣親は言った。何を言い出すのかと、真咲は宣親を見た。そんな話はまったく聞いていない。柊一郎も怪訝な顔で黙った。宣親は続ける。

「以前、父が出資した会社の中に、インドの商船会社がある。その通行証だ」

金がないなら、養子縁組で爵位をよこせという柊一郎に、宣親はそんな提案を打ち出した。

柊一郎が真顔になる。

「なぜそんなものを？」

インドは世界貿易の一大拠点だ。港は大混雑で、いくら金を払っても、よほど位の高い貴族が交渉しても、新たな窓口は見つけられない状況だ。日本では古くから船を持つ一握りの貿易商だけが利益を独り占めにしている、今や金の通行証《ゴールデンチケット》だった。

「父が生前、まだ一介の運搬船だった事業者に出資をしていたそうだ」

初めて聞く話だったが、満彬ならやりそうなことだった。インドの港の通行証だ。日本でただ握りしめていたって金にはならない。船を持たない前田家には宝の持ち腐れだった。だが貿易を営む東嶋は喉から手が出るほど欲しいはずだ。東嶋が使えばこの屋敷の借金どころではない利益が上がる。

「わかりました。検討しましょう」

だが意外なことに、飛びつくかと思っていた柊一郎は距離を置いた。となりに立つ吉川も、柊一郎の答えに慌てる様子はない。前田家の財政は火の車だ。今、柊一郎が約束をしなければ、同じ調子で他家に売ろうとするかもしれない。今約束させなければ他人の手に渡ってしまうかもしれないのに、と焦るのは真咲だけのようだ。

宣親は柊一郎の機微を窺うような視線を据えて言った。

「そちらのご提案を伺います」

先制攻撃は終了だ。これ以上良い条件があるなら出してみろと宣親は言う。柊一郎は軽く考える様子をしてから切り出した。

「本当は、私を養子に迎えるおつもりはないかと訊ねる予定で参上したのですが――」

年齢的に先に子をなすだろう柊一郎の、その子どもに早く隠居をして爵位を譲れという、実質お家乗っ取りの画策だ。

「通行証のが旨《うま》そうだ。考える間、ここに住まいたい」

「いや、それは……！」

柊一郎の無礼な言いぐさにつられて答えたのは、真咲だった。これ以上この男と関わりを持ちたくない。何も出せないならまだしも、引き替えられるものがあるなら受け取ってさっさと帰れと言いたかった。昨夜のこともあれきりだと思ったから耐えたが、一緒に暮らすなど考えられない。

身を乗り出しかけて真咲は、宣親に青い視線を送られて黙った。柊一郎は続ける。

「インドの貿易商と言っても玉石混淆《ぎょくせきこんこう》です。下調べなしに受け取ることはできません」

「味見が済むまで見張っておくと言うことですか」

「平たく言えばそうです」

遠慮なくズケズケと答える柊一郎を、宣親は静かに見据えた。

「……わかりました。どうぞ、お好きな部屋をお使い下さい。持てなしはできませんが」

「坊っちゃん……！」

易々と宣親が許すのに真咲は信じられない声を上げた。

「ご温情かたじけなく頂戴《ちょうだい》します。必要なものは自分で用意しますので、生活に関してはご心配は無用に願います」

笑みを浮かべながら慇懃無礼に言って柊一郎は頭を下げた。真咲のとなりで吉川がため息をついている。本気でここに住むつもりだ。

真咲は呆然と立ち尽くすしかなかった。心底嫌そうな声の吉川に「お茶が渋くなる頃ですが」と囁かれるまで立っていた。


「どういうおつもりですか！　坊っちゃん」

柊一郎を見送ったあと、お召し替えをする宣親の世話をしながら真咲は宣親に訊いた。

宣親は、輝く榛色の癖毛を俯かせながら、しらんふりでズボンを脱ぐ。真っ白で細い腿だ。

「どういうつもりとはどういうことだ。持ち腐れの宝を与えて早々に追い払うのには失敗したが、さしあたり屋根は守れた。出ていかずに済む」

そんなものをどこに隠していたのか、いつ交渉の切り札にしようと思いついたのか分からないが、宣親の答えはあっさりとしたものだ。だがそんなことではないと真咲は言い募った。

「それはそうですが……。でもたとえひとときとはいえ、屋敷に入れていい人間と悪い人間があります」

間違っても信頼できない人間だ。宣親の寝首を掻こうとした人間だとは言えないが、絶対駄目だ。

宣親は、真咲に少しうるさそうな視線をよこしてから、新しいズボンに足を通す。

「金を借りているのだ。弱みはこっちだろう。確かに東嶋は、貴族というには少々野趣に溢れるが、それが洒脱《しゃだつ》にも見えた」

「とんでもないことです！　今日はあれでも取り澄ましていましたが、アイツは下品で危険なんです！　アイツは……アイツは昨日俺に……！」

震える身体を押さえ込み、言い募りかけて、真咲ははっと息を呑む。

「東嶋を知っているのか？　昨夜は予定を訊きに来ただけだと言ったが？」

問われて真咲は固まった。柊一郎は黙っているつもりのようだ。吉川はもとよりおくびにも出さない。刃を打ち交え、雷に照らされ、悲鳴を掻き消されながら、あんな淫《みだ》らな身体の関係を持ったことなど、自分からは絶対に言えるはずがない。

「し、知りません！　初めてです！　あんな男！」

断ち切るように言って俯く真咲を、宣親は、ふうん？　と首を傾げて眺めた。青い海のような瞳が真咲を見ている。宣親は七つも年下なのだがひどく聡《さと》い。

宣親はあからさまに慌ててしまった真咲の態度にもそれ以上追及しなかった。鷹揚な声で言う。

「もしも、東嶋が通行証の取引に応じなければ、東嶋の条件を飲もうと思っている」

「坊っちゃんは、東嶋の乗っ取りを許すおつもりなのですか！」

そんなことをするくらいなら、宣親と一緒に長屋で暮らした方がマシだ。苦労はさせるが、家を乗っ取られ、誇りを踏みにじられて軒の隅で肩身の狭い生活をするより絶対にいい。

宣親は相変わらず静かな口調で応えた。穏やかだが、決心が滲んだ横顔だった。

「私だって、家や真咲を守ろうと必死だからな」

「坊っちゃん……」

年端もいかない子どもだと思っていた宣親からそんな言葉を聞いて、真咲は目を丸くして宣親を見た。ここ数年は辛抱ばかりさせてしまったが、使用人に大切にかしずかれ、蝶《ちょう》よ花よと育てられてきた人だ。

宣親は、声こそは静かだったが、決心を含んだ声音で続けた。

「だからといってみすみす乗っ取られる気はない。あの男より先に嫡男を上げて、披露してしまえばすむことだ。私の子は、さすがに私のような色ではあるまい」

宣親の覚悟に、真咲は思わず涙ぐんだ。

齢《よわい》十五だ。この借金は少しも宣親のせいではない。見慣れてしまえば美しいばかりの容姿は言わずもがなだ。誰が何と言おうと真咲にとっては宝物だった。そんな宣親が、身を挺して伯爵家と家人を守ると言ってくれる。

「どこまでも、お供させてください、坊っちゃん」

少年らしい骨細の身体を絹のシャツで包んでいる宣親の前に、声を震わせながら真咲は跪《ひざまず》いて頭《こうべ》を垂れた。宣親は、襟のボタンを斜めに掛け違えながら、微笑みで応えた。

「ああ。よろしく頼む」


吉川が柊一郎の書斎を訪れたのは午後十時を回ってからだ。

ドアの音に柊一郎は顔を上げた。

「遅いな」

まだ書類に向かっている柊一郎がそう言うと、ひと筋前髪をほつれさせた吉川は「おかげさまで」とおざなりな笑みを浮かべ、ぱたん、とドアを閉めた。

「私には屋敷の仕事もあるんです」

吉川は執事補佐と言うが、屋敷を取り仕切る熟年の執事が上司として数名いるせいで、仕事は執事そのものだ。東嶋家には《家令》や、決まった主の担当だけをする《従者》の役職は設けておらず、今のところは、ただ柊一郎が吉川を連れ回しているだけだった。家の仕事は当然たまる。

「前田家を見習え。メイドから料理人までをやってのけている」

フリルのついた前掛けに長巻をかまえた姿は、今思い出してもなかなか鮮烈で、可愛らしかった。

「するしか道がないからです。東嶋家といっしょにしないでいただきたい」

「同じ立場になればおまえもするのだろう？」

「ええ。ですが、あなたたちが主家でいらっしゃる限り、そのようなことはせずに済むと信じています。柊一郎さま」

「なるほど」

東嶋家は、執事が下仕事をしなければならないほどに落ちぶれないと信じていると、吉川は言う。

吉川の評価はおべっかではないと柊一郎自身も思っていた。少々のことがあっても東嶋家は揺らがないだろう。自分と兄との二本柱だ。たとえば自分が折れても兄が残れば東嶋家が崩れることはない。そう信じて生きている。兄という大黒柱があるから、柊一郎は信念を貫くことを許されている。

しかし、と呟いて吉川がため息をつく。

「これで間違いなく前田家は黒です。しかし、あの執事見習いは白でしょう？」

柊一郎自ら確かめたのだろう？　と言いたげな声で吉川が問いかけてくる。

「ああ」

「でしたら今、我々が前田家に住み込むほどの理由があるでしょうか？」

「あるな」

柊一郎はそう言って、机の端に転がっていた萼《がく》のすぐ下でちぎられた、薄桃色の一輪の花に視線を落とした。前田家を辞すとき、馬車に乗る前、手入れが行き届かずぼうぼうに伸びている垣根に絡んだ野バラの蔓から、ひとつちぎってきた花だ。咲き初めでほのかな香りがしている。大輪の薔薇のように芳《かぐわ》しくはなく、可憐なばかりのやさしい匂いだった。

「無関係のものはあの家から追い出さなければならない」

言い訳じみた言葉が出た。吉川が失笑する。

「罪の意識を感じておいでですか？」

「そうじゃない」

そんなはずはない、と心のなかで呟いて、柊一郎は萎《しお》れかけた野バラを見下ろす。

「助け出したいだけだ。俺たちと同じ苦しみを知らずにすむように」

花束からこぼれる野バラを拾う余裕はないのは分かっているが、野バラひとつ拾えない手に、何が拾えるというのだろうか。

「野バラでも、薔薇は薔薇だ」

低い声で柊一郎は言った。豪華でなくとも高貴でなくとも、拾い上げずにいられない花には違いない。

吉川がしらけた様子でため息をついた。

「もういっそ攫《さら》ってきたらどうですか」

「そういう感じじゃなかっただろう。前掛けに長巻だぞ？」

大人しく攫われてくれるなら苦労しないが、あの威勢のよさでは無理やり連れて帰ったら舌を噛みかねない。

「それでは正攻法ではどうでしょう？」

「長巻相手に何と言う？」

仕合をしようと誘って、へとへとになったら休ませて泊まって行けと言って、それを毎日繰り返せというのだろうか？

「女性を口説くのと同じです。朝飯前でしょう。あなたなら」

「だから相手は長巻だと言っただろう」

女を口説いて一晩どこかに攫うのとは話が違う。相手は本気で自分を斬り殺しにくる長巻の達人で、フリルの前掛けをかけていてもその下は、拳銃を仕込んだ戦闘服のような黒の執事服だ。

吉川が冷たい声で言う。

「手段は二の次かと思われますが」

「……なるほど、確かに」

理由はともかく、結果を求めるなら吉川の提案は正しい。あの屋敷から連れ出せばいいのだ。力押しが駄目なら、友好的に。

さんざん燻《くすぶ》った悩みに、吉川に簡単に答えを出されて柊一郎は髪の乱れ落ちた額を抱えた。

「分かっている。おまえほど、割り切れないだけで」

吉川の中での善悪、取捨の選択は、容赦ないほどはっきりしている。視野を狭めることはできないが、自分もそうならなければならないと、柊一郎も思っていた。

前田家は必ず押さえなければならない。だがそのために儚い野バラを踏みつぶすのが忍びないと言っているだけだ。だがそれだけだ。それ以上の感慨はない。

「お褒めにあずかり光栄です」

今も苦々しく考える柊一郎の前で、機械のように吉川は応えた。


やることなすこと全部嫌みだ。

翌日の午後から吉川がやってきた。二十人からの従者をつれて。

「ご厄介《やっかい》になります」

殴りつけたくなるくらい嫌みな笑顔の吉川を睨みつけて「こちらこそ勉強させていただきます」と真咲は特別慇懃に応えてやった。

向こうがしらんふりを貫くならおあつらえむきだ。真咲はキッチリそれなりの対応をしてやろうと腹を括《くく》った。

自分たちの食器から、衣類の入ったクローゼット、ティーカップ、銀製品、ベッドのシーツまで。前田家の品物は古くて使いたくないと言いたげな、最新で豪華な品物ばかりが嫁入りのように運び込まれる。コックが二人、女中が三人。美しく並べ揃ったところに、最後にやってきたのが柊一郎だった。

客人として、丁寧に頭を下げて出迎えてから、擦れ違いざま真咲は囁いた。

「留守しっぱなしで自宅は大丈夫なのか？」

「ああ。たかだか十日の間だ」

そのためにこれほどのものを運び込んだのかと思うと苛立つし、十日もいるのかと思うとそれも受け入れがたい。

「ゆっくりさせてもらう」

柊一郎は、午前中の礼装を解いていた。撫でつけた髪を掻き回し、ネクタイもない。襟のボタンを一つ開けている。背広も灰色の地の今風で、背広とズボンの色が違うのも生意気だ。次男と言うが、いかにもヤンチャそうだった。野性的でしなやかな身体だ。改めて横から胸の厚さを見ると、あの日本刀の突きの鋭さは当然のように思えた。

こんなヤツ、貴族になれるはずがない。

忌々しくそんなことを考えながら、目の前を通過して奥へ向かう柊一郎を真咲は見送った。成金貴族と言うけれど、くだけた姿をしているとチンピラのようだ。品位など宣親の足元にも及ばない。

それがこんな豊かな暮らしをしているのだと思うと余計に悔しかった。東嶋家の物はスプーン一本使うまいと、薄い箱に収められて運ばれるカトラリーを眺めて真咲は心に決めた。

——ああ、そりゃあたいそうなお暮らしぶりで。

貴族のことは商人に訊けという言葉がある。いくら表で取り澄ましても、屋敷に出入りする商人たちには暮らしぶりは筒抜けだ。

酒屋で東嶋家の噂を聞くところによると、元々生糸工場だったものが、親しい貴族の引き立てを得て授爵したらしい。そこに明治のご一新が重なり、日本の絹織物を海外に輸出して、あとはとんとん拍子で大船商人と言うことだ。

前田家のように旧華族がどんどん没落してゆくなか、東嶋家は日の出の勢いのようだった。酒や食品の買い付けも金払いも気前がよく、家人の居着きもいいらしい。酒屋は一通り噂話を披露したあと、気まずそうな顔で真咲を見て黙り込んだ。前田家と雲泥の差なことはもとより承知の上だ。気にしないふりをした。

屋敷の夕餉《ゆうげ》は東嶋が作ると言った。世話になる礼を兼ねて会食をしたいと言うから敢《あ》えて断る理由がない。東嶋家のコックが作る料理はさすがに垢抜《あかぬ》けていて、食材も贅沢《ぜいたく》だった。

滞りなく行き交う女中、吉川と二人でそれぞれの主人の世話を焼く。

真咲がこの屋敷に来た頃はこんなふうだったと思い出すと懐かしく、寂しく思った。執事は毒味を兼ねて、主の会食の前に先に軽食を済ます。肉の切れ端や昨日のパン、色とりどりの野菜や肉を砕いて幾層にも重ねたものは端っこでも切り口がひどく美しい。スープひとつにしてもそうだ。コックが作った料理はさすがに自分には出せない味だった。

会食が終わり、湯殿を譲る。情けないことに、薪《まき》まで東嶋の持ち込みだ。

「……」

宣親を寝所に入れて、真咲は自分の部屋で着替えをした。

ベッドの上に置いてあったシャツに着替え、机の椅子の背にかけておいたズボンを穿《は》く。

小さな丸テーブルと本棚。四畳ほどの小さな部屋だが、真咲はもうここで十年以上暮らしている。

執事の作業室《バトラーズパントリー》と呼ばれる部屋が玄関の側にあって、そこに移っていいと是光に言われていたが真咲は断った。自分はまだ未熟で、その部屋を任される力はない。是光が健康を取り戻して帰ってきてくれないだろうかと願う気持ちもあった。

真咲は脱いだ背広をハンガーにかけ、壁のフックに吊り下げて燕尾服の背面を見た。腰に三つ、二つに分かれたしっぽに縦にふたつずつ、金釦の並んだ燕尾服がこの家の執事の服装だ。前田家の執事は、裾の短いモーニングと燕尾服を朝夕に着分けない。

何だかんだとこの十日で、きちんとした背広を着たのは葬式と今日の二度だけだった。身なりを整えられなかったのは、慌ただしく、洗濯や薪割りなどの下仕事までしていたせいだが、是光ならまめに着替えて、けっして宣親の目のまえに執事姿以外で出ることはないだろう。自分で自分の品格を落として言い訳するのは家の恥だ。気を引き締めようと思いながら、真咲はランタンを手に部屋を出た。

戸締まりを確かめてから床につくのも執事の役目だ。

窓の鍵をひとつひとつ確かめながら屋敷を巡る。

外は暗く、先日の雷が嘘のように窓には尖った星が映っている。

晩餐《ばんさん》の片付けが済み、柊一郎と吉川だけが前田家に残ることになった。他の家人は屋敷から通うということらしい。

何か裏がありそうな気がすると、真咲は思っている。

このままならいずれ東嶋の持ちものになる家だ。自分たちを真夜中まで見張らなければならない理由がわからない。

——取引先はどこだ。

あの言葉も分からない。銀行のことだろうか、懇意にしていた他の華族のことだろうか。この家に押し込んだときも、あんな時間にたった二人きりで乗り込んでくるのはおかしい。真夜中にやってきたって払える金も払えないことは分かっているだろうに。

目的は何か知らないが、何かするならしてみろという気もしていた。この家の中には奪える金はなく、権利書にはもれなく借用証書がついている。大きな美術品は売ってしまったし、それこそフォークだの皿だの燭台《しょくだい》だの細々した貴金属を寄せ集めるしかない。

万が一にも、昨夜自分に起こったようなことが宣親にあってはならないと、宣親には寝室の内側から鍵をかけさせ、朝が来るまでけっして開けるなと言い聞かせてある。護身用の短剣とサーベル、さらに念のために拳銃も宣親のベッドの側に隠してきた。

「……」

歩くと、身体の芯がまだ熱っぽく痛む。吐き気は収まったが頭痛が残っていた。

塗られるだけで身体が燃え上がるような、おかしな薬の正体も聞いていない。

朝になってよくよく考えてみれば、男同士で簡単にあんなことができるわけがなかった。やはりの薬のせいだと思った。身体がぼんやり痺れて力が入らなかった。酔ったように世界の輪郭が滲みきってしまい、脳が熱くて何も考えられなくなる。理性が消えたようにがむしゃらに快楽ばかりを求めたことも、正気に返れば尋常ではなかった。しびれ薬や弛緩剤《しかんざい》のようなものも入っていたのだろう。吐き気が収まると同時に、柊一郎を受け入れた場所がズキズキと痛みはじめたのが証拠だった。

「……くそ……」

さんざん身体の中を荒らしていきやがって。

心の中で罵ると、昨夜の熱まで蘇《よみがえ》ってくる気がした。一日経っても下半身の疼きはまだ消えない。肌の深い場所にほてりの残った頬を手の甲で押さえたが、余計に熱くなってくるばかりだ。

正気が吹き飛ぶような快楽だった。優しく、自分を撫でる大きな手に安堵と快楽を覚えた自分自身に吐き気がした。雨の中、野バラのつぼみを手にやさしく握らせてくれたのと同じ手だと思うと泣きたいくらい悔しかった。

あれも嘘だったのか。

そう思うと余計に腹立たしい。裏切られたとさえ思った。真咲の純粋な憧れや感謝を、あの男は、これ以上はない卑劣な暴力で踏みにじったのだ。

明日から、東嶋家とどのくらいの距離を取ればいいのか。

廊下に落ちるランタンの灯りを見ながら、真咲は考えた。

今日は不本意ながら全面的に東嶋に甘えてしまった。でも《それでは明日の晩餐は前田家がご用意します》と申し出るのは不可能だったし、だからといって明日の食事も世話になることを、自分も宣親もよしとしない。

さしあたり明日の朝食をどうするか――。

夜釣りにでも行くか、と笑えもしない冗談にため息をつきながら廊下を曲がったときだ。

「――……」

月夜の窓辺にいた柊一郎と思いきり目が合ってしまって、真咲はぎょっと足を止めた。引き返そうと思ったが、今さら廊下の陰に戻るのは、逃げ出すようで嫌だ。

柊一郎は、月光を浴びながら窓辺に腰かけていた。足元にステンドグラスが暗く映し出されている。

この屋敷の何ヶ所か、窓より高い位置にステンドグラスが嵌め込まれている。月光が差し込むと床の円の中に蔓薔薇が映し出されるようになっていた。葡萄、鳥、蔓、ひまわりなど、場所ごとに模様が違う。英国人の作家のものでどれも美しかったが、取り分け真咲は薄紅色の綻んだばかりの小さな蔓薔薇がいちばん好きだ。真咲の気に入りの場所だった。

大事な場所を奪われた気がした。もしもあんなことがなければ、これを目に留めた柊一郎を近しく思っていたかもしれないが、もう到底無理だ。

柊一郎がこちらに気づいたそぶりを見せた。穏やかな笑みを浮かべている。目許に髪を落とした気軽な格好だ。そうしていると鼻につく金持ちぶりがいくらかは和らぐのにと思ったときだ。

「見回りか？　熱心だな、真咲」

「気安く呼ぶな。石田と呼べ」

慌てて手のひらで口を塞ぎたい気分で、真咲はずかずかと柊一郎に近寄った。自分よりずいぶん背の高さが違うのにもむかっとする。見上げてしまうのにも腹が立ったがそのまま唸った。

「坊っちゃんの前で俺の名前を呼んでみろ。即座にたたき出すからな！」

昨日から柊一郎に口止めをする機会がなく、昨夜のことを宣親にバラしはしないかとほんとうにハラハラした。柊一郎は始終取り澄ました微笑を浮かべ、宣親の前ではまったく真咲に無関心を装ったから助かったが、明日も柊一郎はここにいるのだ。念を押しておかなければ気が休まらない。

柊一郎は、昨日とはまったく違う、おおらかな笑顔で真咲を眺めた。日本刀を構えたときの気迫が抜けたやわらかい微笑みだ。

「身体はどうだ。辛くないか？」

「そういうことをここで言うな！」

撥《は》ねつけた自分の声のほうが大きくて、柊一郎が笑いながら唇に指を立てる。怒鳴りつけたい気持ちをギリギリと抑えつけながら、真咲は「別に」と答えた。そんな御機嫌取りには誤魔化されないいし、痛くても絶対に痛いなどと言わない。柊一郎の側に近づくと、身体が先に思い出したように、疼痛が大きくなってくる。忘れたいと思っているのに身体が許さないという。やわらかい場所を擦った熱い塊と、情熱的な律動。思い出すだけで頭の芯が煮える。真咲は目を閉じてしまいそうな自分を叱咤《しった》し、柊一郎を睨んだ。あれは交合の快楽だけとは思えなかった。絶対におかしい。秘密があるはずだ。

「あの軟膏は何だったんだ」

それのせいだと真咲は思っていた。何かがなくては、あんな快楽は生まれるはずがないし、酒に酔っていたわけでもないのに初めて会った男と、獣のように肉欲を貪《むさぼ》ることなどしない。ましてや快楽を得るなどと。

「そんなに悦かったか？」

「イイわけないだろ！」

くすぐるような低音で柊一郎が囁くのを、振り払って真咲は一歩後ずさった。柊一郎が喉奥で笑う。完全にからかわれている。

柊一郎は、ざっくりした手ざわりに見える黒髪を傾げ、吠《ほ》える子犬にするように真咲に手を伸ばした。

相変わらず得体が知れないが、真咲を抱いたときの蔑むような視線はなくなっていた。土足で踏み込むのではなく、ちゃんと真咲を認めた距離を取るのがわかる。少しすまなさそうな笑顔を浮かべて柊一郎は言った。

「具合を悪くしたか？　初めてなら仕方がない。後遺症はないはずだ。今も悪いなら吉川に言え。水は多めに飲んでおけよ？」

「だから何だったんだよ。あれは！」

誤魔化されない、と、一歩下がって真咲は唸った。養生の方法を訊いたのではない。薬の正体を問うたのだ。

あの薬を握って前田家に何の用があると言うつもりだったのか。もしも宣親にあれを使うつもりだったというなら、今度こそ本当に、刺し違えてでもこの男を叩きのめすつもりだった。

それにもうひとつ、問いたださなければならないことが真咲にはある。

「アンタは何を知ってるんだ……？」

取引先とは何か。薬を試すとは何だったのか。極上品とは何の？

「満彬さまを殺した者の名とは、どういうことだ」

聞き捨てならないことだった。柊一郎は昨夜、確かに《満彬は殺された》と言った。心当たりのない《取引先》がさもその犯人のような口ぶりだった。

「満彬さまが殺されたと、おまえはなぜ思う！」

満彬は間違いなく病死だ。宣親と是光、善意で来てくれた医師と三人で満彬の最期を看取った。満彬を殺せる隙はどこにもない。だが柊一郎の言葉を聞いて、ふと思ったのだ。毒殺だとしたら絶対ないとは言い切れない。長い時間を掛けて、水や食事に仕込んでいたら、まわりも本人でさえも気がつかないかもしれない。だがそれを疑うとすれば是光しかいない。そんなことは絶対にないと思った。わずかにでも疑いが掛かるなら晴らしたいと真咲は思っていた。

柊一郎は真咲を眺めてから、表情を殺して視線を逸らす。

「おまえには関係ない。聞かなかったことにしてくれ」

「俺にあんなことまでしておいて、そういうのが許されると思ってるか？」

今思えば尋問だったと思っている。満彬の死について不自然なところがあったのではないかと、柊一郎は暴力という手段で真咲を尋問したのだ。

柊一郎は苦い表情で真咲を見ている。

「悪い。間違いだった。だがいい目を見たはずだ」

「悪いで済むかよ！　それにアンタだっておなじだろ⁉　ひとの身体ん中で吐いていきやがって！」

叫ぶと同時に柊一郎の手が伸ばされた。

かっとして大きな声になったと、口を噤む前に柊一郎に引き寄せられる。

「誘っているのか」

「そんなわけないだろ！」

「違うのか」

「当たり前だ！」

「――今からでもそういうことにしておけ」

囁く柊一郎が目を伏せる。

「おまえにあんなまねして許されるとは思っていない。だからうちに来い」

「！」

月影に光る黒く真っ直ぐな睫毛《まつげ》に見とれかけて、後ろ頭に手をかけられて引き寄せられるのにはっと我に返ったが遅い。軽く首を傾げて柊一郎の唇が間近にあった。

「わう！」

攫われるように軽々と抱き寄せられ唇を合わせられる。肉厚の舌に唇を舐められて、真咲は急いで唇を引き結んだ。

「う……う！」

肩を押しのけようとしたが、手が胸の間に挟まっていて抱き寄せる力に敵わない。

「く、ふ」

開けろと唇を何度も舐められた。しつこく吸われて唇が腫《は》れぼったく痺れはじめる。強く唇を閉めすぎて顎の付け根が痛くなるのを見計らい、柊一郎が頬を強く押さえ込んでくる。抵抗したがこじ開けられた。

「んう」

舌の横側を舐められて、腰がぞくりとした。同時に熾火《おきび》のように燻っていた昨夜の熱が息を吹き返したように湧き上がってくる。薬が残っているのだろうか、何度か繰り返されると腰が抜けそうになった。押しのけようとした柊一郎の胸に、いつの間にか縋りついている。

ゆっくりとほどく唇の隙間から柊一郎が言った。力の抜けた真咲に意外なくらい、深刻な声で囁く。

「金をやる。だから、うちに来い」

「はあ？　死んでもごめんだね」

顔を歪めて真咲は答えた。冗談にしたって面白すぎる。食い詰めた家の様子を見て、引き取ってやると言われるならまだ笑いようもあるが、こんな自分に金を積んで乞うて、東嶋の家に来いと言われるとは思わなかった。当然、何を言われても行く気などこれっぽっちもない。

座り込んでしまいそうな足に力を込めて、真咲はよろつきながら柊一郎の胸を抜け出た。手首は摑まれたままで、いつでも抱き寄せられる位置以上には離れられない。

「なんで俺なんかがいいんだ。前田家のことを何か喋らせようって言ったって、俺はアンタの役に立つようなことは何も知らない」

「そうだろうな。だが、理由は言えない。黙ってうちに来い」

柊一郎は真咲を眺めて、真面目な声で言った。

「これ以上、この家にいてはならない。俺の家に来られないなら、今すぐこの家を出ていけ」

「おまえにそんなことを言われる筋合いはない。出ていく気はない」

給金もいらない。ただ、執事の誠実を宣親に尽くしたいだけだ。それを見ず知らずの柊一郎にとやかく言われる筋合いはない。長巻を操る真咲を珍しく思っているだけだ。それに金を積んだぐらいで真咲がなびかないことくらい、とっくに分かったはずだった。

柊一郎は困ったような声を出して真咲を眺めた。

「いろいろ面倒くさいから説明する気はないが、ほんとうに何でもいいからおまえはうちに来い。悪いようにはしない」

「まさか……、本気なのか？」

今度こそ笑えない気持ちで、真咲は柊一郎に問いかけた。本気だというなら、それはそれで腹が立つが、一方で、どういう不器用なのだと心配にもなる。真咲は、困った気持ちになりながら柊一郎を見た。言うことがおおざっぱで乱暴すぎて、毒気を抜かれる。狡猾《こうかつ》なのか、人の気持ちを分かっていないのか。

真咲は言い聞かせるような声で喋った。

「そんな考えだから成金だっつって罵られるんだよ。人の心が金で買えると思ったら大間違いだ、馬鹿」

どれだけ金持ちかは知らないが、人の信頼や愛情が、本気で金で買えると思っているのだろうか。

「爵位は買える。女も、人も」

子どもっぽい真っ直ぐな声で柊一郎が呟くのに、本当に困った気持ちになった。本気で分からないならかわいそうだ。こういう人なのだろうか。

「インドの通行証と同じだろ。ただ金だけ出しても買う方法がない」

真咲が囁くと、柊一郎は戸惑う顔をしたあと、「ああ」と吐息のような声を漏らした。

「どうすればいいんだ」

「そんなの知らねえよ。それに、アンタには吉川さんがいるだろ？」

愛すべき人ならいるはずだ。いつも柊一郎の盾になる位置にいる、あの嫌みで執事の鑑《かがみ》のような気取った顔をした男だ。気取り屋で性格も悪いが、真咲にはわかる。執事として見上げた忠誠だ。四六時中柊一郎と一緒のようで、柊一郎の命令は容赦なく、吉川も何にでも従う。

——舐めろ。

昨夜の、あんなことだってするくらいだ。吉川を大事に思えないなら、誰のことだって同じだ。

真咲を欲しがるのは、何となく目新しいからだ。珍しい間はいいかもしれない。だが、信頼はそんなことでは得られない。

「吉川は吉川自身の咎《とが》を感じているだけだ。それにアイツは俺の従者ではない。東嶋家の執事だ」

なんで自分にそんなことを話すのだろう。戸惑う真咲を柊一郎が見つめてくる。

「今ならまだ間に合う。おまえは、どうやったら俺のものになってくれる……？」

子どものような素直さで訊ねて、柊一郎は眉根を寄せた。不安そうな視線だった。本気でそんなことを訊いているのだろうか。「間に合う」とはどういう意味だろう。

「そんなこと、俺に訊かれたって」

戸惑いながら真咲は呟いた。

人を好きになる方法、好きになってもらう方法。

基本は簡単だ。人を好きになって、好きになってもらえるのを信じる。うまくいくかどうかは分からないが、まず信頼しようとしなければ信頼されるわけもない。と考えて、そもそもこの状態でそんなことを訊かれるのがおかしいと、真咲は思い当たって途方に暮れた。

「今、俺たちから家を取り上げようとしているやつのことなんか、どうやって好きになれっていうんだよ」

「それとこれとは別の話だ」

「同じだろ」

真咲が答えると柊一郎は、嫌そうな顔をした。

「別だ。取り上げたくて取り上げるわけじゃない。おまえが、俺のものになってくれるなら――……いや……」

「柊一郎……?」

そのまま床に映った薔薇を眺めて黙りこんでしまった柊一郎は、真咲に呼ばれて顔を上げた。

「何でもない。だが、真咲」

理由を言わず、寂しそうに笑う。

「俺のものになると、覚悟をしてくれるなら、いつでも攫いにくる」

「そんなわけないだろ」

柊一郎が何を考えているかは知らないが、それだけはあり得ないと柊一郎にも分かるはずだ。執事は主の影だ。真咲はまだ見習いの身だが、誓いはとっくに立てている。自分の人生は宣親のものだ。乗り換えることはない。

「アンタだって身内に裏切られたら困るだろう?」

柊一郎は次男ということだが、いつまでも実家の暮らしに甘んじることはないだろう。昨日の宣親との交渉振りを見れば、ひとつの家を持って、その当主として生きていける人間なのは真咲にも分かった。もしも柊一郎が家長になったとき、身近な人間に裏切られたらどうするか。誰もいなくなったらどうするか。他でもない、主家の人間として過ごす柊一郎なら、いちばん身に染みて分かるはずだ。真咲は宣親にけっしてそんな寂しい思いをさせるつもりはない。

柊一郎は、適当に崩した前髪の下で独り言のように言う。

「それが真咲ならいいと思ったんだ。だがどうしていいか分からない」

「だから、アンタには吉川さんが……」

と言いかけて、先ほど「東嶋家のものだ」と言った柊一郎の言葉を思い出した。

一人なのだろうか――。

そう思うと、話してみろよと言いたい気持ちが湧くが、柊一郎に何を打ち明けられても、真咲は宣親の執事以外にはなれない。ただ話を聞いてやるだけなんて、無責任な野次馬でしかない。

考えて、真咲はぼそぼそと提案をしてみた。

「相手の嫌なこと、……しないほうがいい」

もしもこの先、柊一郎が誰かと近しくなりたいと願うなら、相手の恐いことや嫌なことをしてはならない。初っぱなから強盗もかくやの立ち会いを演じることになっては、信頼できるものもできない。

そう言って真咲が腕を引くと、柊一郎はこれでいいのかと言いたげに、あっけなく真咲の手首を握った手を解いた。

「あの」

どうしていいかわからなくなって、真咲は柊一郎の手のひらの感覚が残る右手と、柊一郎を見比べる。

視線がこれでいいのかと言ってくる。こうしたら好きになってくれるか、と。

そんな柊一郎が妙にかわいい気がするから自分は馬鹿だ。

「そういうことだけど、あの、さ」

言うことを聞いてくれたからと言って、次はどうすればいいと柊一郎に教えてやっていいかわからない。

「次は?」

おもしろそうに柊一郎が訊いてくる。

「次はどうすればいいんだ? 真咲」

そう訊ねてくることが好きだと言っているのと同じなのだと、どう説明してやればいいのだろう。

「えっと――……」

真咲はこめかみの辺りが熱くなるのを感じながら、困って立ち尽くした。

このあとどうすればいいのだろう。不器用なのか乱暴なのか分からない男に、自分がどうされれば嬉しく思うのか、どこまで教えてやればいいのだろう。

「――吉川の嘘つきめ」

机に座った柊一郎が唸ると、心底心外な顔で吉川が振り返った。

「私が何か？」

「おまえの言ったとおり、好意を示してみたが駄目だった」

途中までは何となく良い雰囲気だったが、吉川の助言通り、真っ直ぐに好意を伝えたとたん真咲の態度が変わった。悪いほうにだ。

柊一郎の苦情に、吉川が眉を顰める。

「快楽に訴えるのはどうかと、普段からあれほど私が申し上げ――」

「そうではない」

何を想像しているのかと、吉川の小言を止めて、柊一郎はため息をつく。

「断られた」

「どのような方法で好意を示されたのですか？」

「接吻をして金をやると言った」

金額に難色を示すなら、少々なら積もうと思ったが取り付く島も無しだ。柊一郎は軽い頭痛を覚えて、眉間を指で摘まみながら呻いた。

「色恋金。完璧なはずだったのだが」

「まったく驚きますね」

呆れたように吉川が言うから、「そうだろう？」と真咲の無垢さと欲のなさにため息をついて柊一郎は途方に暮れた。

「接吻までして堕ちなかった女性はいないし、金を握らせて頷かなかった役人はいなかった。合わせ技でも駄目なようだ。手強いな。さすが長巻の達人ともなるとひと味違う」

頭を抱える柊一郎を、無言の吉川が見つめている。


結局昨日は、応えに窮した真咲に柊一郎が訊ねたのが先だった。

——手を握っていいか。

駄目だと応えた。

——抱いてもいいか。

問われてようやく真咲は怒る理由を見つけ出して、柊一郎に悪口を言って、蔓薔薇の灯りが落ちた廊下を逃げ出した。

側に来てくれと、手を握っていいか、肩に触れていいか、口づけをしていいかと、もっと小刻みに段階を踏まえて問われていたら許してしまっていたかもしれない。狡猾なようでいて案外大味な柊一郎の不器用さに救われた。

柊一郎が、ちょっと謝ってくれたり、素直なところや不器用そうなところを見せたら、とたんに助けてやりたい気がする自分の人のよさに真咲はうんざりする。自分に乱暴した男だ。力でねじ伏せた男だった。今も前田家を狙う男だ。情けなどかけられない。でも本当はそんな人間ではないかもしれない。理由もあるかもしれない――。そんなことを想像し続け、夜明けを迎えてしまった。

翌日の朝、仕事なのだからしかたがないと割り切って、渋々柊一郎に挨拶にいってみると、柊一郎はまだ休んでいると言われ、吉川の応対を受けた。挨拶と言っても、貴族階級が行なう形式的な御機嫌伺いと、外出の問い合わせだ。吉川は「夕刻少し」と適当にもほどがある外出予定を述べ、馬車も身支度も自分たちでするると言った。迷惑な客の外出まで世話を焼くつもりはない。「お気をつけてお出かけください」と答え、二度と帰ってくるなと言う言葉は呑み込んで、好きにさせておくことにした。

そういえば、昨夜、二度目の夜の見回りに出たとき廊下の窓から柊一郎たちの部屋を見上げて、ずいぶん遅くまで窓の灯りが灯っていると思った。

真咲は井戸で洗った洗濯物を盥《たらい》に入れて、裏庭に出た。濡れた手を白いフリルの前掛けで拭う。肩紐《かたひも》と裾のまわりにひらひらと大ぶりなひだが波打っている。柊一郎がからかう女中の前掛けだ。あのとき外しておけばよかったとつくづく後悔したが火急だったし、紐をほどく前に攻撃されて、はずすチャンスを逸してしまった。結果的に拳銃を隠しておくのにも役立った。

執事用の前掛けは持っているが、執事の作業に合わせた立ち仕事用で、腰から膝下まで細く巻き付けるからしゃがみにくいし、腰から下では胸と腹が汚れてしまう。庭作業用の洋服もあるが、宣親に呼ばれたらすぐに駆けつけなければならないから着替える暇もない。上着を脱いでベストの上から、女中が残していったフリルの前掛けを使うのがいちばんいい選択だ。

普段ならこのまま掃除と洗い物をしてしまうのだが、東嶋家の前ではさすがにみっともないかもしれない。

前掛けをはずしてから屋敷に戻ろう。そう思いながら、リネンや宣親のシャツを、物干し竿《ざお》に干していると、背後に人の気配があった。

「日中も誰もいないのか」

声を掛けてきたのは柊一郎だ。

「！」

柊一郎が、振り向いた拍子になびいた、腰で蝶に結んだ紐を目で追ったのが分かって、あっ、と真咲は前掛けの端を握った。かっと頰が熱くなる。さすがに恥ずかしかった。そのすぐあとから湧いてきたのは怒りだ。なぜ柊一郎がこんな屋敷の裏方に来るのか、客人のくせに屋敷の中にいないのか、なんでこんな姿の自分を見るのか――。

だが今日はすぐに自制が働いた。柊一郎の前で恥ずかしがってみせるのも悔しい。勝手にこんな洗濯物を干すような裏庭にまで紛れてきて自分を笑う柊一郎のほうがおかしいのだ。

それに襲撃のときの夜に、前掛け姿は見ているはずだから今さらだ。

「いないよ、誰も」

「そうか」

微笑みで応える柊一郎が、わざと真咲の前掛けのことを何も言わないのが腹立たしい。笑うなら笑えば言い返すこともできるが、何も言われないのに自分から切り出すのも小憎らしいことだった。

真咲はしらんふりを通すことにした。ぶっきらぼうになる小さな声で訊いた。

「何しに来たの、こんなところまで」

昔ならいざ知らず、貴族が眺めるような庭ではない。

草ぼうぼうの庭を馬鹿にしに来たのか、自分を笑いに来たのか。それとも少ない洗濯物を見下しに来たのか。

警戒心いっぱいで応える真咲に、柊一郎の答えはあっさりしたものだった。

「呼んでも誰もいなかった」

「そ、それは……」

客人が呼ぶのに応えられないのは、家の恥だ。家の事情からすれば仕方がないことだが、たとえ暴漢まがいでも、仮にも客人扱いである柊一郎に、そんな言い訳はできない。

とっさに謝る声が出ないのに、柊一郎はかまわない様子で、庭を見渡すように視線を巡らせた。薄茶色に枯れ果てた庭草が木枯らしに波打っている。ツタが絡まる垣根、形の悪くなったツツジの木。鉢だけになった菊、広いからなお荒れて見える。もはや庭とも言えない生えっぱなしの空き地だ。庭師がいない以前の問題だった。

柊一郎は、昔の前田家の庭を眺めているような視線で、そよぐ枯れ草の海を見渡して言った。

「それに、庭が見たかったんだ。荒れているが、昔はさぞかしいい庭だったのだろう」

「……うん。今は寂しくなったけど」

急に理解されたような、旧知と昔話をしているような気分になりながら真咲は頷く。薔薇、桜、ムラサキシキブ、ワレモコウ、木蓮、菊。和洋を上手く取り込んだ美しい庭だった。

——これも花だ。取り除いてはいけない。

壁に這う蔓を退けようとした真咲に、満彬が言ったのを思い出す。

——小さな花だが花は花だ。

自分生えしたように、地面から心細い蔓を伸ばす野バラだった。

——私の花たちだ。

満彬は真咲に囁き、ひと目がないのを幸いに裏庭で遊んでいた宣親、それを見守る是光や、ガーデンテーブルにお茶の用意をする女中をいとおしそうに眺めた。

思い出すたび泣きたくなる憧憬《どうけい》だ。幸せな記憶だった。

ほんの三年前まで、それが日常だった。そう思うとこの変わりようが辛くて涙が込みあげる。自分一人がんばってもだめなのではないか。柊一郎に逆らっても、結局は長いものに巻かれるしかないのではないか——。

涙を堪えきれなくなる寸前、となりで柊一郎が朗らかに言った。

「前掛けが似合うな。それを着てうちに来ないか」

「馬鹿言えよ！」

現実に引き戻される気がして、柊一郎を睨みつける。心細さに負けて、危うく諦めそうになるところだった。ぱちん、と火花が散って目が覚めるような感覚だ。自分はまだ柊一郎と戦える。

柊一郎を睨みつけた真咲に返された微笑がひどく優しかった。

「——……」

もしかして、柊一郎は自分を励ましてくれようとしているのではないか。

真咲の背後から、声が掛かった。

「柊一郎さま」

吉川だ。

「屋敷をお出になるときは、一言お申し付けください」

迷惑そうな吉川がそう言いながら草むらを歩いてこっちに向かってくるのに、柊一郎は真咲を見て、軽く肩を竦《すく》める。

吉川は真面目で、柊一郎から見てもうるさいようだ。ざまあみろ。と、心の中で真咲は笑った。吉川は鼻持ちならないが、柊一郎の撃退には素晴らしい威力を発してくれる。

「お部屋にお茶をご用意いたします。お茶が済んだら、昨日からお願いをしているサインをしてください。ただでさえ仕事がたまっているというのに」

執事の小言はどこも同じだ。東嶋商会の副社長となればただでさえ忙しいだろうところに、前田家に引っ越してきて無駄な時間を消費している。

困った顔の吉川に、太陽が好きそうな子どもっぽい笑顔で柊一郎は言った。

「朝のお茶はここにしてくれ」

「この庭で?」

吉川といっしょに真咲も眉を顰めた。

柊一郎は男らしい横顔を見せて目を細める。

「ああ。趣深い」

草ぼうぼうの荒れた地面も、青空にひるがえる洗濯物も、枝の飛び出した植木も、中からとなり雑草が飛び出している植えこみも、レンガのテラスに華奢《きゃしゃ》な猫足のテーブルを構え、で朝っぱらからきちんと燕尾服《えんびふく》を着込んだ執事が紅茶を注いでいると、奔放な自然を愛《め》でるお洒落《しゃれ》なティータイムに見えるのだから不思議なものだ。

「こういうのもいい趣だな」

ボサボサの枯れた雑草を眺めて、柊一郎《しゅういちろう》が言う。

いろんな丈の雑草の隙間に、名前も知らない赤いつぶつぶをつけた草や、風が吹くたびぴよんぴよんと左右に躍る猫じゃらしが跳ね出ている。

「ええ。どのお屋敷でも見たことがないような、珍しいお庭です」

褒められているのか馬鹿にされているのか計りかねる言葉を交わしながら、吉川《よしかわ》は柊一郎にお茶を出していた。

屋敷ならともかく、客人を二人きりで庭に放り出しておくわけにもいかず、複雑な気分で東嶋《とうじま》家の午前中のお茶に付き合うことになった。

無意味に優雅だ。呆《あき》れと感心を混ぜたため息をつく真咲《まさき》は、庭を見下ろすレンガのテラスの端に立っていた。半円で差し出すテラスの天井は、二階のバルコニーだ。天使が彫り込まれた大理石の柱は、雨風に削《けず》られていて金にならないらしいが、この庭にあるかぎりこれ以上の柱はない気がするくらい美しいものだった。

宣親《のりちか》もいっしょにお茶をと誘われたが断った。貴族中の貴族のような身のこなしの宣親が加われば、まさに掛け替えのないティータイムが出来上がるはずだったが、さすがにそれはこの庭には荷が重い。

満彬《みつあきら》が亡くなったあと宣親は、午前中、喪に服して部屋で静かに過ごすのを常としているし、彼らの友好的な態度にうっかり忘れそうになるが、目の前の二人は取り立て人で、今は屋敷が取り上げられるか否かの瀬戸際にある緊迫した関係だ。

荒れ果てたとはいえ、優しい雰囲気は変わらないこの庭の空気にほだされて、あり得ない条件で何もかも取り上げられてしまうのがオチだ。そんなテーブルに宣親をつけさせられない。

吉川は他人の家とは思えない手際の良さで、てきぱきとお茶の用意をした。

ふてぶてしい態度で庭を楽しむ柊一郎を見ていると、ほんのさっき、優しい思い出を残した庭の風に吹かれた時間が遠い昔のような気がする。

柊一郎の前でどういう態度を取るか。

改めて柊一郎の顔を見たら、昨夜からのことが急に気恥ずかしくなった。それに吉川の前で急に軟化してみせるのも決まりが悪い。

「実家が道場だったんです。強いのは当然です」

わざと丁寧な語尾を強調しながら、紅茶の入ったティーカップを目の前にした柊一郎の問いに、真咲は答えた。

柊一郎自身がどうであれ、柊一郎は前田《まえだ》家を奪いに来た男だ。前田家の敵だった。それに宣親の前では柊一郎を客扱いしてもいいが、宣親がいなければ必要がない。乱暴な口を利く真咲に、吉川が冷ややかな声で言った。

――主人の見張りがなければ行儀よくしていられませんか、伯爵家の犬は。

犬じゃないと当然反抗したが、吉川は、仕事ぶりだけをみると是光《これみつ》に通じるものがある。慇懃《いんぎん》でいつでも姿勢正しく、常に柊一郎の影で盾だ。もしも吉川の口がここまで辛辣《しんらつ》ではなく、東嶋家の執事でなければ見習う相手としていたかもしれない。

ただし、吉川のようになりたいかと言われればそうではなかった。是光も自分も、あんなに自分がくだらないもののように、柊一郎の無茶に従うことはないだろう。是光は宣親の世話を本当によく焼いたが、貴族として当主として、是光や家人によくない振る舞いをしたときは、ことごとく咎《とが》めていた。

――皆は、坊っちゃんの地位や財産に仕えるのではありません。坊っちゃんのお心の高さを尊く思うのです。

それを則《のり》とするなら柊一郎の命令は邪道で、それに従う吉川も執事失格だ。

だが自ら品位を落として見せてやることはないと真咲は思い、口調だけは丁寧にしてやることにした。

「長巻の道場か」

紅茶に手もつけず、ゆったりとした格好で庭に持ち出した椅子に座って柊一郎は言う。真咲は壁際に吉川と並んで立っている。気にくわないが、受け答えはしなければならなかった。

「そうです。父は巴《ともえ》型・七坂《ななさか》流師範でした。それが何か？」

長巻には大きくふたつの形がある。巴流と静流だ。静流は刃が大ぶりで、巴流は小型で切り回しがいい。室内型として好まれるのは巴流だった。

「父上はさぞお持《モ》てになっただろう」

柊一郎は意味ありげに笑った。近代長巻は、主に女性が使うものだ。主《あるじ》のいない奥向きを守る室内戦を想定した防戦用の武器だった。実際教えていたのは女中や奥方、あるいは嫁入り前の娘が多かった。

「さあ。どうでしたでしょうね」

あてこすりの相手をしてやる気分にもなれず、真咲は投げやりな答えを返す。柊一郎は紅茶を一口含んで言った。

「今、父上はどうなさっておいでだ？　真咲がそれなら、父上はかなりの達人だろう」

「……」

何を訊《き》かれても適当にかわそうと思っていたのに、不意に胸を突かれた気分になった。

「父は、……亡くなりました」

満彬が亡くなったことが思った以上にこたえているのかもしれないと思いながら真咲は応えた。父が亡くなったのは十年前の話だし、よく訊かれることでもある。父は暴漢に襲われて亡くなり、母はそれから一年後、腹痛をこじらせて死んでしまった。

柊一郎がふと深刻に目を伏せる。こんなふうでも他人の死を嘲笑《あざわら》わない程度の良識はあるのか。

少し黙り込んだあと、柊一郎が訊く。

「道場は？」

「今はありません」

できるだけ感情を出さないように真咲は応えた。

「家と道場は流派からの借り物でした。俺は免状を持っていないんです。指南できる人間がいなくなれば出ていかなきゃならないし、その道場も何年か前に潰《つぶ》れて、今はまったく長巻とも道場とも関係ない人が新しい家を建ててるみたい」

そんなふうにして家と家族を失い、頼れる親戚もなく路頭に迷っていた真咲を拾ってくれたのが満彬だったというのが、真咲の簡単な身の上話だ。

「だったら余計だ。うちへ来ないか」

「アンタ、しんみりした今の話聞いてた？」

「聞いていたから誘うんだろう。大変そうだ。うちへ来い」

「いや、だからね……」

吉川がちらりと自分を見るが、もう面倒くさいと真咲は思った。敬語で喋《しゃべ》るのは別に苦痛ではないのだ。ただこの男を敬うように喋るのが苦手なだけで。

「あのさ」

上手《うま》い具合にかわそうとするのにも疲れた。真咲は腰に手を当て、ため息をつく。一度はっきり釘を刺しておこうと思った。

「坊っちゃんの前でもそういうこと言えるのか？」

宣親の姿はここにないが、ここは前田の屋敷で、自分は宣親の執事になる身だ。自分で言うのもおこがましいが、指折りに宣親と親しい人間だ。

「言えるな。借金のカタの一部ということでもいい」

ざっくばらんも限度があった。軽く目眩《めまい》がするのを目を閉じて堪《こら》える真咲に、柊一郎は悪びれもせず言う。

「うちに来ないか？　真咲」

「なんで俺を？　アンタが欲しいのは、爵位なんだろう？」

誘うなら宣親だ。自分はただの執事見習いだ。落ちぶれたといえど、宣親なら伯爵家の人脈がある。

「いや、あれは断る」

柊一郎は曖昧《あいまい》に目を伏せたあと嫌そうな声で言った。どういうことだと怪訝《けげん》に思う。通行証を選ぶことに決めたのだろうか。だったらなぜ返事をしないのか。宣親の容姿を蔑《さげす》んでいるのだろうか。外国人を相手に海外と取引をする柊一郎が？

どこかおかしい、と、様子を窺《うかが》うように見る真咲に、柊一郎はとらえどころのないわざとらしい笑顔を向けた。

「真咲は強いし、おもしろい。身体《からだ》の相性も悪くない。家に来るのが嫌なら、今晩寝室にだけでも来ないか？」

「……ほんとうにこの人、どういうことなの？」

話が通じる気がしなくなって、真咲は吉川に苦情を言った。吉川は不服そうに柊一郎を見ている。

「こんな行儀の悪い執事。私は面倒見切れません」

そういう問題なのだろうか。自分はこういうとき本気で怒って暴れるべきだろうかと迷ってしまうくらい、吉川も話ができそうにない。

最近の貴族はこうなのだろうか。話が突飛すぎて、真咲には理解ができなかった。

† † †

柊一郎たちが前田家にやってきてから五日が過ぎようとしていた。

真咲は暗いベッドの中から月明かりに浮かぶ壁時計を睨《にら》む。あと十分足らずで夜中の十二時、明日だ。

限界に達した眠たさは怒りに変わっている。ここのところ寝不足もいいところだった。葬式前後はしかたがないとはいえ、柊一郎たちが屋敷を襲撃して以来ずっとだ。

柊一郎たちが屋敷に押し入った日から始まって、翌日は彼らを迎える用意で半徹夜、柊一郎たちが屋敷に来た当日は、念のために長巻を抱えて寝ずの番を行なった。まだここまでは許せる。理不尽で、ものすごく腹は立つけれど、主人の安全と財産の保護をするのは執事の役目の範疇《はんちゅう》だ。

――あの浮かれ男、どこほっつき歩いてるんだ……！

こんな時間になっても、柊一郎たちが屋敷に帰ってこないのだ。

別に柊一郎たちはどうでもいいのだが、玄関が閉められないのが困る。

執事の仕事は、玄関扉を開けることに始まり、閉めることに終わる。朝、屋敷の準備を済ませて玄関の閂《かんぬき》を抜き、夜は、すべてのことをしまい終えて閂をかける。これが執事の責任で、本日も屋敷が無事であったというやり甲斐《がい》と誇りで、屋敷とそこに住まう人々の一日を区切る重要な儀式だった。それが、柊一郎たちが毎夜遊び歩くせいでできない。

夕餉《ゆうげ》のあと、夜会や商談と称して、夜が更けてから出かけてゆく。相手は飯も出してくれないのかと嫌みを言うと「出るには出るが交流が忙しくて食事どころではない」といかにも軽薄なことを言って柊一郎は笑う。

好きだ、屋敷に来いと、接吻《せっぷん》しそうな勢いで熱心に誘ってくるくせに、夜ごと遊び歩くのはあまりにも誠意がない。

そもそもそんな言葉は信じていないけれど、と、真咲が布団の中で奥歯を噛《か》みしめ、イライラと寝返りを打つときだ。

「……」

通りのほうから馬車の音が聞こえてくる。彼らは夜会や舞踏会だというのに、いかにも身軽な辻《つじ》馬車を好んで使う。夜に忍ぶ密会のためか、色事が露見したとき素早く逃げ出すためかは分からないが、いかにも夜盗めいて品がなく、相手への礼儀も欠ける行ないだ。

ちょうど十二時の鐘が鳴りはじめる。会いたくはないが玄関の扉を閉めなければならない。

腹立たしい気持ちを抑え、なぜこんな時間に自分がこんなに腹を立てなければならないのかと理不尽な思いを堪えながら、真咲はベッドを出た。用意していたガウンを着てランタンを灯《とも》し、玄関に向かうと、ちょうど彼らが扉を入ってくるところだった。

「真咲」

真咲を見つけた柊一郎が嬉しそうに顔を輝かせるのが真咲の癇《かん》に障る。

「遅いお戻りですね！」

嫌みというよりもはや文句の声音で真咲は言った。

「お出迎えありがとうございます」

「好きで出てきたんじゃないよ！」

爽《さわ》やかな笑顔で切り返す吉川には、もはや食ってかかる勢いだ。

「……」

ふと煙草のような煙くささが香って、真咲は顔を歪《ゆが》めて彼らを見た。

つんと鼻を突くにおい。そういえば、葬式の日、柊一郎から香った匂いもこれだったと真咲は思い出した。柊一郎は煙草を吸わない。来客が吸った煙草のにおいが服に染み付いたのだろうが、この家は真咲も宣親も煙草を吸わないのだから煙くさいのは迷惑だ。

彼らが夜遊びから帰ってくるといつもこうだった。煙草や葉巻のにおいはきつく、よほど激しい逢瀬《おうせ》を重ねるのか、出ていったときのいかにも貴族を気取った服装も縒《よ》れて、全力で焚《た》き火でもしてきたのかと問いたくなるくらいのにおいと乱れ具合だ。垣根の間を逃げてきたのか、吉川の髪に葉っぱがついていたこともある。熱烈なアバンチュールもけっこうだが、それにしたって酷《ひど》すぎる。

「煙くさい」

早く上着をどうにかしろと言いたかったが、真咲は我慢してそれだけを伝えた。

「――……」

二人が不意に、自分を凝視するのが分かった。跳ね返ってくると思った吉川の嫌みもない。

「柊一郎さま、今宵《こよい》はもう遅いので、早くお部屋にお戻りください」

吉川がそう言って、柊一郎の上着を脱がせて受け取る。

よほど疚《やま》しいことでもしてきたのだろう。弁解でもしてみせろと思うのだが、柊一郎はしらんふりだ。

柊一郎はベストの広い背を見せながら、吉川に守られるようにして奥へと踏み出しつつ手を上げる。

「よく休め。いい夢を」

「アンタに言われたくないよ！」

こんな時間まで待ちぼうけを強いられて、よく眠れと言われて笑えるわけもない。

ほんとうに迷惑だと思う真咲の前で、大きな革張りのトランクを手に提げた吉川が、手袋を胸元に添え、静かに頭を下げる。

「……」

怒りでやるせなく思いながら、それを見送るとき、変な煙のにおいの中にふと硝煙のにおいが香ったような気がして、真咲は立ち尽くした。

毎晩どこへ出かけているのかと思うが、柊一郎は訪問先を明かさない。招かれているからには招待状が届いているはずなのだが、東嶋宛《あて》の郵便物は東嶋家に届き、届いたものを別の執事が持ってくる。真咲が封筒を見ることはできなかった。

巻き込まれるのはごめんだと、真咲は思う。柊一郎がどこに通って、どんな秘密の恋人と会っているかは知らないが、あの様子では真っ当な逢瀬が難しい相手のようだ。どこかの奥方か家人に大切に守られた子息にでも会っているのだろう。埃《ほこり》まみれの日もあるし、背広を破って帰ったこともある。

「……」

そこまでして会いたい人がいるのに、なんで自分なんかを欲しがるのだろう。

彼の愛情に縋《すが》ろうとするような考えを真咲は俯《うつむ》いて振り払った。

誘われたって絶対行かない。どんな女性と、あるいは美しい貴族の愛人と逢瀬を重ねているのかと、彼らが帰宅したあとも明け方まで想像してしまうのも嫉妬《しっと》のようで気にくわない。

真咲は朝、宣親から預かった御機嫌伺いの書き付けを渡し、外出の用を伺うために柊一郎たちがいる部屋を訪れていた。柊一郎から、茶に付き合えと命じられ、ぼそぼそと世間話を交わしながら朝のお茶の時間を見届けて、部屋から繋《つな》がる執事の控え室に下がる。

やれやれ、と、ため息をつきながら反対側の廊下から廊下に出ようとすると、吉川に呼び止められた。

「石田《いしだ》さん」

吉川は相変わらず冷徹な顔をしていた。真面目で感情が分かりにくく、顔立ちが整っているからか、どこか人形じみている。

「何」

「私個人からの相談です。すぐにこの屋敷を出ていってほしいのですが」

相談というより、依頼だった。

このところ、正面から悪口を聞きすぎて感覚が麻痺《まひ》してきている。呆れるような失礼だと思うのだが、怒って見せる気にもなれない。

「アンタも、アンタの主人も、言うことがぜんぜん分からない」

確かに、出ていけと言われれば出ていかなければならない身の上だ。だがその結論を引き延ばしているのは柊一郎本人だ。このまま屋敷を奪い取るか、インドの通行証をとるか、自分たちは返事を待っている状態だ。考える間、自分たちが屋敷に住まう自由を柊一郎は許した。しかも主人の柊一郎を差し置いて、吉川が自分に交渉してくる意味がわからない。

「私の判断でのお願いごとです。柊一郎さまがここにおいでの期間、別荘を用意しましょう。

あなただけ黙ってそこに移っていただけませんか?」

「つまり出ていけってことじゃないか。もしかしてもう結論が出てるならはっきり言えよ」

「そうではありません。出ていくのはあなただけです、石田さん」

「それはないな。俺は死ぬまで坊っちゃんの御側だ。俺の態度が気にくわないならもう部屋には来ないよ。呼び止めたのはアンタたちだろ?」

「それが困るというのです」

他人行儀な手順を踏んで部屋に挨拶《あいさつ》代わりの焼き菓子を届けに来ただけなのに、中に入れ、話を聞いていけと呼び止めたのは柊一郎だ。そこでどんな態度を取ったって、柊一郎は文句を言えるはずがない。真咲の態度が執事にふさわしかったかどうかはまた別の話だ。

吉川は、真咲の気持ちなどまったく考慮する様子もなく冷たく答えた。

「柊一郎さまに何も与えられないなら、近くに来ないでください」

「俺が柊一郎から東嶋家の執事になれって誘われたのを断ったこと?」

「具体的にはそうです。叶《かな》えられないなら、離れていただきたい」

「やきもちなのか?」

ふと思い当たって歪んだ笑いが浮かぶ。なるほどそれならわかる。柊一郎は平気で男を抱ける人間だ。吉川は美貌《びぼう》と言って差し支えない顔立ちをしていたし、背広に包んだ身体も細身だが均整が取れて美しい。それに、自分を犯す柊一郎を平気で眺めて、手伝うような人間だ。吉川に、柊一郎と身体の関係がないと言われたって納得できない。

「嫉妬ではありません。心配です」

「同じだろう？」

真咲が柊一郎にふさわしくないと言っているなら、意味は同じだ。

だが吉川ははっきりと否定した。

「違います。私は柊一郎さまが将来ご不快になる出来事を排除しようとしているだけです」

「不快って……俺のこと⁉」

「そうです。あなたは多分、どんないい条件を見せても、前田家から離れることはないでしょうから」

「分かってるなら話は早いな。アンタたちが帰ればいいんじゃないか。別にこの屋敷にいなくたって考えごとくらいはできるだろう？　さすがに屋敷は持ち逃げできないし」

今まで胸に抱え続けた疑問を吉川にぶつけた。どれほど賃金を積まれても真咲が東嶋に鞍《くら》替えする可能性など微塵《みじん》もない。家に仕えるとはそういうことだ。吉川だって分かっているはずだ。それに取る物もなく持ち逃げするものもない前田家を住み込んでまで見張っていても意味がない。

吉川は厳しい視線に嫌悪を混ぜて真咲に答えた。

「面倒くさいから、あなたに頼んでいるのです。柊一郎さまは、優しいかたですが若干馬鹿ですから」

「ほんとうに容赦ないね。主に向かって言う言葉なのか？」

自分の主を捕まえて、馬鹿という執事など見たことがない。憎らしい男の悪口を吉川に言ってもらってスッキリするはずなのだが、何か釈然としなかった。

吉川は主の不肖を恥じるでもなく嘆くわけでもない理由を述べた。

「私は本来、彼の執事ではなく、東嶋家のものですから、石田さんとは少し立場が違います」

「そういえばそんなこと言ってたな。あっ。もしかしてクビになったの？」

わずかに反撃の糸口を見つけて、真咲は意地悪に訊いた。

吉川は柊一郎個人の執事補佐ではなく、東嶋家のものだと言うのならばなぜ、柊一郎の側にいるのか、柊一郎の言いなりなのか、勤務態度から見るかぎり、吉川はかなりデキはよさそうなのだが、何か大失敗をやらかしたに違いない。

「まあ、そんなところです。クビになりかけたのを助けてくださったのが、柊一郎さまです」

優しいというのはその辺りらしいことを吉川は言う。

「私は元々、柊一郎さまのお父様の執事として育てられたのですが、彼が亡くなったので家付きの執事になりました。まだ補佐役ですが」

吉川を見るかぎり、真咲のような半人前の執事だから見習いというわけではない。東嶋の屋敷には、家令や老成した執事がいるはずだから順番が繰り上がらないだけだ。それよりも、真咲の胸に細く爪《つめ》を立てた言葉がある。

「アイツの父親も……、亡くなってるの？」

柊一郎の寂しい雰囲気はそこからだろうか。真咲に父親が居ないと打ち明けたとき、つらそうな表情を見せたのもそのせいだろうか。こうして無理に住み込むのも、主を亡くしたばかりの前田家に思うところがあったのだろうか。

「ええ。もう十五年近くになりますか。私は東嶋家に仕えるものです。だから嫉妬ではありません」

相づちにも困る言葉を吉川は吐く。経緯を訊いていいものかどうか真咲が決めかねていると、吉川は言った。

「柊一郎さまは、懐の広い優しい男です。——父親を死なせた私を側に置くくらいですから」


お家騒動はどの家にだってある。かく言う前田家だって、これまで何度も宣親の相続について反対し、無理やり養子として自分の子を押し込もうとする、橋田《はしだ》家を初めとする親戚と一悶着《ひともんちゃく》になったこともあった。

満彬が他の女性との結婚も養子も断固として拒んでいる間に前田家が傾き、破産を目前にして、押しかけようとしていた親戚類が一気に手を翻《ひるがえ》したのは幸運だったのかもしれない。

吉川の言葉は冗談のようには聞こえなかった。

当主の死に関わっているらしい吉川。吉川を助けたと言いながら、蔑むように言いなりにさせる柊一郎。それを優しいという吉川もどこかおかしい。

何が起こったのだろう。柊一郎の孤独はそこから来るのだろうか。

昨夜に続き、いい月夜だった。真咲は階段横のホールに向かった。柊一郎がいるに違いないと思った。

会いにいってどうするのだろう。自分自身よくわからないまま、真咲は廊下を歩く。柊一郎は人の情けのない乱暴者だ。成金の金の亡者だと思っているが、会うたび些細《ささい》な優しさが見え隠れする。

——野バラでも、薔薇は薔薇だ。

柊一郎を思い出すときはなぜか、自分を犯す凶暴な腕ではなく、雨に湿った上着の腕の感触ばかりを思い出した。花びらを握った真咲の手の上から包んでくる、指の長い手。濡《ぬ》れた地面についた膝《ひざ》。こんな優しさが傍若無人の影に潜んでいるとしたら、それを見過ごすことはできない気がする。

自分と同じに、父を亡くしていると知ってしまったからだろうか。柊一郎の中の優しい部分を信じたいのか。

考えながら歩いていたが、昨夜と同じ窓辺に座った柊一郎の姿を見つけたときはほっとした。

「……どうした。うちにくる気になったか」

半身を月光に照らされながら、柊一郎は真咲に笑いかける。

「まさか」

と笑って応えて、真咲は静かに柊一郎に向かって歩いた。落ち着かないが、怒る気分ではなかった。床に落ちたステンドグラスの影を避け、柊一郎の前に立つ。

「なあ。アンタ」

「柊一郎でいい」

「柊一郎」

呼び方を決めかねていたが真咲は、柊一郎の誘いを受け入れる。

「何か、……もっと穏やかに話し合える方法はないのか」

「穏やかに、って、いちばん攻撃的なのがおまえだと思わないか？」

「いや、だからさ……」

煽《あお》るように言う柊一郎に言い返したくなったが、ノせられるものかと真咲は込みあげる声をぐっと堪えた。これまでも、何かを伝えようとするとこんな風に茶化されてうやむやになっている。不器用なのもあるが、今はわざとなのが分かった。柊一郎には隠しごとがあるとしか思えなかった。

真咲は自分を落ち着かせるように、腹の前で両手を握りあわせた。

「こんなことになってるのは、うちのせいなのは分かってる。借金は坊っちゃんのせいじゃないけど、東嶋に迷惑をかけてることくらい、坊っちゃんや俺だって、よくわかってるよ」

心が清らかだから借金を踏み倒していいと言っているのではない。自分たちにだって、迷惑をかけている自覚も、返せるものなら返したいと思う誠意もある。

「でも、こういう乱暴なことしなくたって、うちは逃げたりしない。アンタたちがしてることが嫌がらせなら、やめてほしいんだ」

「嫌がらせとは？」

「この屋敷に住み込んだり、俺に、……あんなこと、したり」

落ち着いてよく考えてみたら、借金の返済には必要がないことだ。自分たちが踏み倒す気満々なのならそういう扱いを受けても仕方がないが、インドの通行証という代替品を提示したし、それでも駄目というなら、東嶋が提案した養子の条件を飲もうとさえしている。

「乱暴にして悪かった。ベッドは一からやりなおしたいんだが。今夜」

「そういうんじゃないよ！」

誘うように手を伸ばされて、真咲は赤くなって柊一郎の手を振り払った。また誤魔化される、と思って、真咲は逃げ出すのを堪えた。理由を訊きたい。柊一郎の本当の気持ちを教えてもらって、いちばん希望通りになるように努力をしたかった。

「何か……、東嶋家に居づらい事情があるなら、そう言ってくれれば、アンタたちを受け入れる気持ちくらいある」

長男とうまくいかないとか、家の人間とうまくいかないとか。屋敷の件とそれらをきちんと切り離さないから、何もかも乱暴に見えるのではないかと真咲は思っている。

「また大きく出たな」

からかう笑いの柊一郎に、真咲は真面目に答える。単純な怒りを抑えるくらいの哀れみを、柊一郎に対して抱きはじめていた。

「東嶋元男爵が亡くなったことも聞いた」

「吉川からか」

「うん」

吉川の声音には、それを隠してほしいという色合いはなかった。むしろ知らせておくことで、面倒な勘ぐりを避けられるという説明臭さもあった。

何があったのか知らないが、不幸な経緯で父親が亡くなったと聞いただけで、子どもの頃を思い出して震えが来る。幼い真咲は筵《むしろ》の下を見ることはなかったが、遺体に泣きすがる母の背中は今も覚えている。誰の言葉も思い出せないが、恐怖はありありと思い出すことができた。

自分の父親の死に関わった人間を側で見続けなければならない状況も真咲にはにわかに想

像がつかない。

「叙爵を得たのは兄だ。父親は男爵ではなかった。吉川からは何と聞いた」

「それは……」

とっさに応えそこねた。吉川が前当主を死なせたというのが冗談でも本当でも、その次男である柊一郎にそんなことは応えられない。

「公然の秘密だ。知らないのは世間知らずの前田家くらいだろう。だが、なるべく言うな」

「……うん」

半ば公とはいえ、なぜそんなことを自分に聞かせるのだろう。真咲は不安を覚えたが、さも真実のように流れている噂があまりに下世話なときは、真実を話したほうがいいこともある。

宣親の噂をはじめ、物騒な家の噂《うわさ》などどこにでもある、嘘から甚だしい尾びれがついているもの、あるいは冗談としか思えない真実。是光曰《いわ》く、そんな噂を囁《ささや》かれるようになって家は一人前だという。せせらぎのように噂話を流し、知っている噂の数と大げささを競う。破廉恥な噂話をお菓子のように食べちらかして生きている。社交界とはそういうところだ。

「もう十五年も前の話だ」

そう言って、ほつれた前髪を柊一郎は掻《か》き上げた。悲痛さも苦しさも見えない横顔が、乗り越えてきた苦しみなのだろうかと思うくらい落ち着いた様子だった。

「父は、毒と知らずに薬を飲んでいた。それを運んでいたのが吉川だ。吉川自身、それを薬だと信じていた。吉川はそれを償うと言って聞かない。それだけだ」

「それだけ……って」

戸惑いながら真咲は柊一郎を見る。一言で押しのけてしまうには不幸すぎる過去だ。噂話なら話半分どころか十分の一で聞くところだが、柊一郎本人の言うことだし、嘘には聞こえなかった。

「そうだ、それだけだ。兄が家を継ぎ、今に至る。もう何の不都合もない」

「……」

当時は混乱を極めただろうが、今は東嶋家は隆盛を極め、機動力と商談に長《た》けた柊一郎もいる。そう言われてみれば、過去のことだと割り切った彼らの決心もわからないではないが、今、柊一郎から窺える感情はどこか歪《いびつ》だ。見えない部分がいっぱいある。

こんなことを真咲に打ち明けたって、弁解にもならず、柊一郎の得にもならない。やはりなぜ柊一郎が自分にこんなことを話すのか分からないと真咲が困っていると、小さな声で柊一郎は言う。

「吉川は馬鹿だが、悪い男ではない」

気まずそうなそんな言葉を聞いたとき、柊一郎は吉川を庇《かば》うためにこんな話を真咲にしたのだと気づいた。家の名誉を傷つけても、吉川を守ろうとしたのだろう。

吉川が言うように、柊一郎は優しいのだろうかと、そんなことを考えた。吉川に対して横暴な振る舞いをするかと思えば、自らが傷ついてもこんなふうに吉川を守ろうとする。

「なんで……、毒なんて」

死に至るほどの毒だ。ずいぶん苦しんだだろうに誰も気がつかなかったのか。吉川は何の薬だと思っていたのだろう。そもそも父親はなぜ毒など飲んでいたのだろう。

さっきよりも苦々しい声で、柊一郎は自分に言い聞かせるように言った。

「弱い男だったというだけの話だ」

「……」

よくわからないが、不幸があったのは間違いない。そして、柊一郎たちがそれから立ち上がってきたのだということも。何かを憎み、そのせいで寂しさを抱えているところも、もしかしたら今も、家族の間に軋轢《あつれき》があって、新しい家になりそうな前田家に執着しようと考えたのかもしれない。

宣親は正しかったのかもしれないと、真咲は思いながら小さな声で言った。宣親からははっきり聞かせられていたけれど、自分からは絶対に教えてやるまいと思っていたことを反省しながら打ち明けた。

「もし、柊一郎がちゃんと暮らしてくれるなら、うちに来てもいいと、坊っちゃんは言うと思う」

こういうところは宣親は、満彬によく似ている。誰よりも高く貴族の誇りを持つ人だ。自ら窮しても、目のまえに苦しむ人がいれば施す。恨みはすぐに水に流す。貴族は民衆のためにあるという考えを崩さない、文字通り貴ぶべき人だ。

もしも柊一郎が、実家にいることに何らかの苦痛があるなら、こんな露悪的な方法ではなくて素直に申し出てくれればいい。もちろん宣親は受け入れる方向で検討するだろうし、渋ったときこそ借金を持ち出して交渉すればいい。真咲が言いたいのは、こんな押し込み強盗まがいなことをしないで、誠実な話し合いをして正直な心を打ち明けてほしいということだ。

「坊っちゃんは素晴らしい人です。俺はまだ執事としてぜんぜん駄目だけど、今は療養中の執事頭が戻ってくればもっとずっとマシになる。いい家なんだ。ほんとうに」

父親譲りで情の深い宣親、厳しいが優しい是光。家族以上の愛を得られる場所だ。真咲にとって前田家はほんとうに「家」と呼べる場所だった。

寂しいなら前田家に来ればいいと思う。爵位を奪い取ろうという浅ましい気持ちを捨てて、宣親の子どもを次の伯爵にするのに異論はないと誓ってくれて、もしも宣親に子どもができなければ、柊一郎の子どもを当主に立てればいい。穏やかな未来はいくらでも描ける。

「アンタはうちの養子にきてもいいと思う」

そう誘いかけると、柊一郎は困ったように笑って真咲に手を伸ばしながら言った。

「やっぱりおまえはうちに来い」

「いや、そういう話じゃないだろ⁉」

せっかく真咲が決心をして胸襟《きょうきん》を開いたというのに、柊一郎はいったい何を聞いていたのだろう。

「手放しがたい」

熱っぽく囁いて、柊一郎が真咲を抱き寄せようとする。

摑《つか》まれた手首を振り払おうとしたが、今度は強く摑んでいて、振り払えない。せっかく話し合おうとしたのにと、真咲は困った顔で柊一郎を見た。

「ほんとに話を聞いてんのかよ！　柊一郎！」

「ああ。どうしてもおまえをこの家から連れ出したい」

「柊一郎……？」

これも分からないことのひとつだった。柊一郎は、真咲を前田家から連れ出そうとする。真咲が欲しいというより、とにかくこの家から連れ出したそうな口調だ。このまま居続けたら、何か見えない病に冒されてしまうかのような必死さまでが見える。

「おまえはここにいるべきではない。おまえさえ、うちに来てくれたら解決なんだ」

「何がだよっ！　わ――……！」

前のめりになるほど勢いをつけて、手を引っ張られ、足を前に踏み出す動きのまま、柊一郎の腕に抱かれる。

「柊一……っ、……！」

「今度は大切にする」

囁きのあと重ねられる唇は、言葉の通りひどく優しかった。唇を舌が割る感触に、慌てて真咲は柊一郎の胸を突き放した。

今度は照れ隠しではなく、柊一郎も本気なのが分かった。けれど正直だからこそ、気軽に家を捨てろと言うのは許せない。

「もう絶対誘わない！　俺が馬鹿だった！」

捨て台詞《ぜりふ》を叫んで、真咲は身を翻した。

優しくしようとしたのに、もしかしたら一から柊一郎を好きになれるかもしれないと思ったのに、せっかくの真咲の真心を、柊一郎は無神経に踏み荒らそうとする。


宣親の朝は遅い。

小さい頃から身体が弱く、今も少々貧血で、血圧が低い。

だがそれを甘やかし、朝寝をさせてしまったら、いよいよ不健康になってしまうというのが、厳しい優しさをもった是光の判断だ。

早めに起こし、ベッドの中でモーニングティーを飲ませて身体を温める。朝食まで十分時間を取って、身体が動くようになってからゆっくりと朝食を摂《と》らせる。

是光のきめ細かな世話でこれまですごしてきたが、満彬が体調を崩して以降、十分な手が行き届かず、宣親はすっかり寝坊になってしまい、ぐずぐずと寝起きも悪かった。

目を擦《こす》る宣親に、ぬるま湯の入った洗面器で顔を洗わせ、タオルを差し出す。拭《ぬぐ》っているあいだに湯たんぽであたためた靴下を出し、それを履かせて寝間着を脱がせる。湯たんぽの上に置いていたシャツを広げようとしたとき。

「ニッカーズの上に、そのシャツは違う。それに、柄物の上に柄物を着てはならないと是光が」

真咲が用意したのは、膝下までのズボンと丸襟《まるえり》のシャツだ。

「でも、坊っちゃんはよくこのような組み合わせでいらしたのですが」

「それはもう子どもっぽいって言われたんだ。当主なのだし、東嶋もいるし、今はいちばん大人ぶらなきゃならないのだろう？　ニッカーズもそろそろ卒業しなければならないね」

「あ……」

「それに、ニッカーズと靴下の丈が合わない」

「申し訳ありません」

指摘され、真咲はあっと思った。ズボンに対して靴下が短い。靴下は長さの順に分けているのだが、並べ方を間違えていたようだ。確認せずに取り出してきたから、ズボンの切れ目と靴下のあいだ、大きく脛《すね》が見えてしまう。

「それから、朝からニルギリを出すのはやめてくれ」

「そう、でしたでしょうか」

真咲は身を乗り出した。モーニングティーだ。

「うん。ニルギリはミルクティーでたのむ。朝から濃いのは胃がつらい」

「も、申し訳ありません」

宣親が紅茶を間違うはずがないから、間違えたのは真咲だろう。葬儀のときいろいろ瓶《びん》を入れ替えたせいで間違えたのかもしれないが、執事なら香りで紅茶を見分けなければならない。

「申し訳ありません、坊っちゃん」

恥じ入る気持ちで真咲は頭を下げた。貧乏なのは仕方がないが、宣親の日常の世話すら十分にしてやれない。執事失格だ。

「いい。私も身の回りのことは、真咲の手を煩わせずに、自分でできるようにならなければならないと思っている」

「そんなことはありません!」

しっかりしすぎて不憫《ふびん》な宣親に、真咲は慌てて言った。

「もっと、俺が頑張ります。今はまだずいぶん足りませんが、もっと勉強してよい執事になります」

「うん。おまえが学べる是光の代わりを探してきてやりたいのだが、勉強させてやれなくて悪いな、真咲」

「いえ、俺が至りません」

本来なら、他家から引退した執事を探して雇い入れるものだが、今の前田家にはそれができない。真咲が執事見習いを始めてからまだ日が浅いせいもあるが、こんな事態になるとは思わずのんびりしすぎた自分が悪い。もっと是光につきまとって勉強し、早く一人前になっていればよかったと思うがあとの祭りだ。

真咲は反省しながら宣親が脱いだ夜着を畳んで籠《かご》にしまう。

何もかも完璧そうな吉川のことを思い出したが、人が多い東嶋家は執事は執事の勉強だけをしていればよさそうなのだ。一人前になるのもきっと早い。他の仕事をしながら執事の仕事を覚えなければならない自分とは違うと言い訳をする。よその家と比べてはならない。それが自分が不出来でいい理由にはならないけれど。

真咲をからかうことばかり言う柊一郎にも侮られたくない。昨夜のことを思い出して、もっと頑張らなければ、と思っているところに宣親が言った。

「なあ、真咲」

「何でしょう、坊っちゃん」

宣親は仕方なく、真咲が用意したちぐはぐな洋服に袖《そで》を通している。もう一度宣親をベッドに戻して、用意しなおしたほうがいいだろうかと、見上げる真咲に宣親は言う。

「東嶋には、ここにしばらく住んでもらったらどうだろう」

唐突な提案に腰を浮かせた真咲は、膝のとなりに積んであった宣親の靴の箱を思い切り崩した。

「な……なん……っ……！」

「もう数日滞在したいと東嶋から申し出があった」

不思議そうな声で宣親は言う。真咲は床に手をついて身を乗り出しながら、宣親を見上げた。

「いつの間に⁉　坊っちゃんに直接ですか⁉」

昨夜、柊一郎と会ったのは、宣親が寝室に入ったあとだ。柊一郎たちの部屋の場所から宣親の寝室にいくときは、必ず真咲の部屋の前を通らなければならない。だが真咲が部屋にいる間、絶対と言っていい。人の気配はしなかった。

「ああ、昨夜、彼の執事とたまたま」

「……！」

ぎくりとしたが、すぐに恥ずかしさと怒りが湧《わ》き上がった。もしかしなくとも、真咲が柊一郎と会っている間だ。してやられた、と思った。柊一郎は囮《おとり》だったのか。

それにしても、柊一郎はともかく、吉川はこの状態を面白くなく思っているはずなのにおかしなことだと思っていると、宣親はやきもきする真咲のことなど知らないように言う。

「東嶋はチェスが強いのだそうだ。ヨーロッパから持ち帰った定石の本を貸してくれると言されません！」

「あんな男を信用しては駄目です。あの執事も駄目です。優しい振りをしていたって俺は騙《だま》されません！」

宣親に優しくしてみせても絶対駄目だ。

「そんなのに騙《だま》されてはなりません！」

った」

「今日はずいぶん元気だな」

少し驚いたように宣親が真咲を見る。

「そんなことはありません！　俺はいつも元気です！」

真咲が言い返すと、宣親は、少し切なく嬉しそうな笑みを浮かべて、真咲を見つめた。

「……どうなさったのですか？　坊っちゃん」

言いすぎたかと思う真咲に、宣親は応えた。

「いや、そんなに生き生きとした真咲は久しぶりに見た」

「そ、そんな！」

「そして、そのブーツは夏のものだ」

掃除をしなければ、と思いながら、真咲は先ほどからぼんやりと自室の机の前に座っている。昼間は宣親の世話や、家の仕事があるから掃除はどうしても夜になる。

常識的に考えて、東嶋はインドの通行証を選ぶだろう。宣親の持つ通行証がどれくらいの価値を持つものか真咲には分からないが、運輸業はまず伝《つて》を広げるところから始まる。通行証に記載された取引規模が小さくても、完全に閉め出されている港に対して、とっかかりがあるとないとでは大違いだ。入港さえできれば東嶋商会ならきっと取引先を開拓してゆくだろう。通行証と屋敷なら、未来に莫大な利益が上がる通行証を選ばないはずがない。

——だとしたら、彼らは何を迷っているのだろう。

「……」

テーブルに置いたランプの灯《あか》りの下、真咲は是光が書きためた執事の記録帳を捲《めく》っていた。

執事の記録は屋敷の記録とは別だ。屋敷の記録はそのまま屋敷の歴史となるものだが、執事の記録は執事になる者しか読まない、家の暮らしの記憶だった。厨房《ちゅうぼう》の食材の仕入れから銀製品の数の管理、茶葉の購入先、主の起床時間、受診の記録、衣類の管理、使用人の管理、茶会の客の覚え書き、来客の言質《げんち》、etc.etc.。ここに書かれていない家のことはないのではないかと思うくらい、微に入り細をうがち綿密に記録されている。

是光が入院する前に渡された帳面で、宣親のことでわからないことがあったらこれを見よと言われていた。お陰で是光が入院したあとも宣親の世話で困ったことはない。

柊一郎に、満彬が殺害された可能性があると聞いてから、もう一度この半年ほどの記録帳を読みなおしてみた。だが購入したものの中に毒になるような食べ物は混じっていないし、薬屋がいつもと違う薬を届けた様子もない。

満彬の往診には二人の医師が来ていた。診断結果も細かく書き記されて残っている。毒を飲まされた可能性が窺える記述は見当たらなかった。

「……」

最後の頁《ページ》に到る前に、馬鹿馬鹿しい、と真咲は机に頭を抱えてため息をついた。

柊一郎の讒言《ざんげん》に踊らされて、家人や医師を疑うのはどうかしている。

――柊一郎の目的はなんなのだろう。

未だに見当もつかない。

今は通行証と養子縁組の話を天秤《てんびん》にかけているということだが、初めが問題だ。人目を忍んで夜間に押し入る。満彬が毒殺だったと嘘を吐《つ》き、真咲を犯して弱みを握る。爵位が欲しいと宣親に迫る。そのくせそれ以上に価値があるはずの通行証を見せても頷《うなず》かない。夜ごと遊び歩きつつ、考えると言ってこの家に居座るのもやはりおかしな話だ。

そんなことをしなくとも、前田家は東嶋の条件を呑《の》むしか他にないのだ。夜逃げしたら夜逃げしたで放棄した屋敷が残る。宣親を人質にしたところで金を払う親族はいない。ほんとうに爵位が欲しいだけなのだろうか。

確かに爵位は金で買えると柊一郎は言うが、いちばん下の位の男爵はまだしも、伯爵家は民間から成り上がるのは無理だ。

それしか思いつかなくなって、真咲はため息をつきながら窓の外を眺めた。

外は雨だ。さあさあと絶え間なく軽い雨音が鳴っている。冬の雷は遠く、あの日のことを真咲に思い出させる。

——嫌だ。もう、出した、い……！

身体の中を熱を上げながら行き来する、柊一郎の感触が生々しく体内に残っている。柊一郎に深く穿《うが》たれながら自分で腰を振った。縋りついて甘い啼《な》き声を上げた。身体に点《つ》いた火を、柊一郎にこすりつけて消そうとするような必死さだった。

「——……」

真咲は耳を摑んで、緩くかぶりを振った。あれは交渉だ。戦いに負けたツケでもある。自分が弱いのが悪い。宣親を守るためでもあった。もう終わったことだ。

でもあんなことさえなければ、もっと柊一郎と違う接し方ができていただろうか。

——どこの家のものだ。

——野バラでも薔薇は薔薇だ。

あんなことをする柊一郎が、ひどいばかりの人だとは思いたくない。

雨のにおいが混じった香水と特徴のある煙のにおいを思い出し、真咲は目をつぶった。灰色の視界の中、柊一郎の肩越しに見えた雨と、暗い空で回っていた風見鶏の黒さを思い出す。

「……」

そういえば、葬儀の日、なんで柊一郎はあんなところにいたんだろう。

急に疑問が胸に落ちてきて、真咲はそっと息を止めた。真咲が具合を悪くしたのは、正門からずっと庭の方に奥まった場所だ。庭と呼ばれるところよりもっと奥で、庭師や家人しか来ない場所だった。間違っても弔問客は来ない。庭を散策して紛れ込んだにしてもあの日は雨だった。

あんなところで何を。迷子だろうか？　柊一郎一人ならまだしも、吉川と一緒にだろうか？

玄関は門の真正面だ。弔問客の列もできていた。玄関が分からなかったはずもない。

誰かを探していた？　――家のまわりを探っていた――？

「……」

耳を握った指を緩め、ランプの灯りの中に呆然《ぼうぜん》と目を瞠《みは》るときだ。

何か玄関辺りで音がした。がたがたとドアを揺する音、ドアノブを乱暴に捻《ひね》ろうとする音。

風の音かと思うがそうではない。ガンガンとドアノブを金属で叩く音がしはじめる。

真咲は椅子から腰を浮かせた。

東嶋の誰かだろうか。だが今夜は柊一郎たちは出かけてはいないはずだし、家人が柊一郎に急用で訪ねてくるには乱暴すぎる。東嶋には一応ドアノッカーを使う程度の礼儀はある。

真咲は壁に据え付けられていた修理したばかりの長巻を摑んで部屋を飛び出した。

風で木の枝か何かが飛んできたのだろうか。だが、どう考えても釘抜きのような太い金属の棒で、ドアノブを壊そうと何度も打ち下ろしている音だ。

「……」

音が止《や》んだ。真咲がちょうどホールに出たと同時だった。

「吉川さん！」

玄関に辿《たど》り着くと、先に手に拳銃を提げた吉川がまだ仕事着のまま立っている。吉川が誰かを呼んだのだろうかと思ったと同時に、玄関ドアが激しく蹴《け》り開けられた。玄関の向こうには日本刀を構えた男が三、四人立っている。

「吉川さん……」

吉川が呼んだのだろうか。仲間を呼び寄せ、自分たちを確実に殺してしまおうというのだろうか。けれどそうまでして自分たちの口を塞《ふさ》がなければならない理由が真咲にはわからない。

「吉川さん、なんで……！」

「構えてください、石田さん」

顔を歪めて吉川を問い詰めようとしたとき、吉川がひやりと真咲に言った。

「私では殺してしまいますので」

吉川の言葉を聞くと同時に、刀を構えた男たちが打ちかかってきた。

「な、仲間じゃないの⁉」

がちん！　と日本刀を長巻で受け止めながら、真咲は吉川を振り返る。

「こんな野蛮で礼儀知らずの仲間はいません」

「アンタたちと大差ないと思うけど！」

どの口が言うのだろうと呆れながら、真咲は打ち下ろされる日本刀をはじき返した。素人《しろうと》の太刀筋《たちすじ》だ。柊一郎に比べればまったく怖くはない。

「ご冗談を」

涼しい顔で、吉川が引き金を引く。闇夜《やみよ》に赤い火花が散り、横から真咲に斬りかかろうとしていた暴漢の一人が腿《もも》を押さえてしゃがみ込んだ。吉川は侵入者を脅すように続けざまに引き金を引いた。ドアのまわりで五回火花が散る。六発の弾を撃ち終え、腰の後ろに挿していた二挺《ちょう》目《め》の銃と交換する。襲撃された日、これをやられていたら真咲は死んでいたかもしれない。

「！」

刀を長巻の刃で巻き取るようにして床に落とさせ、遠くに蹴りやる。一人は腿を押さえて足を引きずりながら玄関の外に逃げ出そうとしている。後ろから刀を振りかぶった男が押し入ろうとするが、狭い場所での一対一では真咲に圧倒的な分があった。ガチン！　と音がして相手の刀が床に落ちる。無手になった男は、手のひらを翳《かざ》してあわあわと後ずさった。真咲は、刀を奪い取った男の鼻先に長巻の刃を翳《かざ》して唸《うな》った。

「おまえたちは誰だ！」

借金はあるが、満彬もましてや宣親は、恨みを買うような行いはしていない。

こないだからいったい何なんだ、と途方に暮れる自分の気持ちを叱咤《しった》しながら真咲は怒鳴る。

「何をしに来た！　おまえたちに命令したのは誰だ！」

いかにも金で雇われたチンピラのようだ。「前田伯爵を殺してこい」と命令された様子だった。

開きなおったように肩を突き出した別のチンピラが、血走った目を剝《む》いて真咲を睨みながら喚《わめ》いた。

「売国奴を出せ！　俺が殺してやる！」

「なんだと⁉」

身に覚えのない罵倒《ばとう》だ。

「国益を独占し、私腹を肥やす売国奴に俺が正義の鉄槌《てっつい》を喰《く》らわせてやる！」

「嫌みもたいがいにしとけよ！」

そんなことができるなら落ちぶれてなどいない。

「うちはなあ、明日の食べ物だって――」

困ってるんだと言いかけたときだ。

男に長巻を打ちおろそうとした手を吉川に握り止められた。

「止めるな！　吉川さん！」

殺す気はない。ただ、しこたま打ち据えて後悔させるつもりなだけだ。土下座をして謝れば命までは取りはしない。

だが、振り払おうとした真咲を叱《しか》るでもなく、気怠《けだる》い声で吉川は言った。

「面倒です。離してください、石田さん」

「えっ……？」

殴るなでも許せでもなく、面倒くさいと吉川は言う。

「吉川さん」

「もういいでしょう。反省したでしょうから」

「い……いやいや、よその家のことだと思って、そりゃないだろ！　刀持って来たヤツにそんな甘っちょろいこと言うのかよ!?」

思わず吉川をふり仰ぐ真咲の隙を狙《ねら》って、身を竦めていた男は脱兎《だっと》の如《ごと》く玄関を出た。

「わ！　おい待て！」

「石田さん」

慌てて追おうとした真咲を、吉川が呼び止めた。白々しいくらいのんびりした、意味のわからない声音だった。

「いいじゃないですか。もう遅い時間です」

朝、柊一郎のところに予定を伺いに行くのは執事の大事な仕事だ。柊一郎たちは、食事も洗濯も生活に必要なものすべてを自分たちで賄《まかな》うため、前田家が都合を伺う必要などこれっぽっちもないのだが、そこは様式だ。

今日は真咲の手には厚めの書状が持たれていた。宣親からだ。昨夜の騒動を謝罪するために夕方会食がしたいという申し出だ。しかし真咲の予想では、前田家の台所事情を知る彼らは、十中八九断るだろうと思っていた。《気遣いには及ばない》とそんな一言を受け取って帰るつもりでいたのに、手紙入りの小箱を差し出した真咲に、吉川が告げた。

「柊一郎さまがお伝えしたいことがあるそうです。中へどうぞ」

「……あの、吉川さん。俺が知っていることは昨日お話ししたあれで全部って、言いましたよね?」

これ以上、真咲に昨夜の事情を聞きだそうとしても無駄だ。吉川にもそう伝えておいた。見知らぬ暴漢に襲われる覚えもないし、犯人の見当もつかない。隠しているものもないし、奪う価値があるほどのものも屋敷には残っていない。

吉川は知らん顔で前を歩いた。室内のソファに、柊一郎が座っている。問いただしたいのかもしれないが、何を訊かれても「知らない」と答えるしかない。そう思っていると柊一郎が唐突に言った。

「昼前にはここを出ていく」

「え……？　あ、ああ。……えっ？」

予想外の話に、真咲は目を丸くして柊一郎を見た。柊一郎はいつも浮かべている余裕の笑みを忘れるほど、真面目な顔で真咲に言った。

「おまえも来い」

命令のような声だ。

どこか寂しい気持ちを覚えながら真咲は柊一郎を見つめ返した。

最後の誘いなのだろうな、というのが真咲にも分かった。暴漢に襲われるような物騒な前田家を出て東嶋家に帰る。元々前田家にいる意味がない彼らだ。お遊びにきて命を落としてはたまったものではないということだろう。

そして改めて真咲に問うのだ。前田家を捨てないか、と。

「……断ります」

揺らがない答えを真咲は返した。給金も出ないどころか、主を養わなければならない。そんな前田家を出て、豊かな東嶋家で働けと誘ってくれているのはわかる。

断れば、もう柊一郎と会えなくなるかもしれない。今は毎日顔を見て、馴《な》れ馴《な》れしく憎まれ口を叩く距離だが、こちらは明日をも知れぬ身で、柊一郎は男爵家の次男で、大貿易商の副社長だ。顔を見ることすら容易ではなくなるだろう。だからといって宣親を捨てて柊一郎についていくなど毛頭考えられなかった。たとえ宣親と二人きりになるのが心細くても、理由のわからない強盗が、今夜もまたくるかも知れず、そのときは一人で戦わなければならないことが怖くてもだ。

「俺は最後まで坊っちゃんのお供をします」

この返事が別れの言葉だ。ほの温かく、微《かす》かな痛みを含んだ柊一郎への気持ちを振り返ると、これが恋というものなのだろうなと、なんとなく真咲は思った。慕うばかりの心ではない。四六時中忘れられず、いろいろな感情に形を変えて柊一郎が胸を占め、いつも気持ちが引き寄せられる。

宣親への忠誠心は揺らがないけれど、同じ心の中に柊一郎への恋が芽生えたら辛い。心を奪い合うのは分かっていた。恋も仕事も、ひとつの心をいっぱいに使っても足りないことだ。ふたつの気持ちで心を食い合い、足りなくなって両方飢えて死んでしまうのは目に見えている。芽のうちに枯れて死んでしまうのがいい。さしたる痛みもなく、傷跡も残らないうちに消えてなくなったほうがいい。

下がれ、という一言を真咲は待った。

だが柊一郎は俯いたまま何も言わない。面白くない顔で柊一郎を見ていた吉川が、何か言葉を発しようとする仕草で、真咲を見たときだ。

「――ハートレー事件を知っているか」

唐突に、柊一郎はそんなことを訊いた。

「まあ……、一応」

怪訝に真咲は応える。

一昨年《おととし》だったか、横浜港で起こった麻薬密輸事件だ。ハートレーという外国人居留地に住んでいた外国人が、二・五貫《かん》（約9kg）に近い阿片の汁を搾って固形にした《生阿片》を隠し持っていたという出来事だ。そのときは税関で見つかったらしいが、それより以前に上陸して販売されたものがあるのではないかといって、横浜中が大騒ぎになった。その後大きな裁判になったということで、連日新聞にも掲載され、前田家にもこれまでハートレー氏と取引がなかったかどうか警察が何度も話を聞きに来た。横浜に住んでいるものなら知らないものはいないくらいの大事件だった。

「それとうちとが何の関係が」

言いかけて、真咲はそっと息を止めた。

――痩《や》せ細って死にはしなかったか。うわごとはなかったか？

――大きな金が動いた様子や、荷が動いたことがあるはずだ。

「まさか……旦那様は」

麻薬に冒されて死んだのだということだろうか。

「満彬氏は無関係だろう、今のところ」

否定をしたのは柊一郎の方だった。

「真咲に思い当たる節があるなら別だが、この半月、何の取引の様子もない。それらしい人物が出入りしたこともないし、もしも麻薬を密売していたらもう少し潤っていてもいいはずだろう。期待外れだった」

淡々と柊一郎はそんなことを言った。

「柊一郎、アンタ、まさか……」

「実情を探ろうと思ってやってきたら、インドの貿易権を持っているという。これで確定だと思っていたが、ここにいる間観察する限りではたまたまらしいな」

「インド?」

意味がわからず真咲は眉《まゆ》を顰《ひそ》める。一発逆転の切り札のはずだ。貿易商のお宝だ。それがなぜ。

「ああ。インドは阿片の一大産地だ。阿片は金より大きな利益を生む。インドの港に出入りしながら阿片を取り扱わない手はない。前田家に取引の実績がないかどうか調べるのに今まで掛かった。海外への電報通信網は長崎経由だから」

インドと前田家、東嶋家の関係が分からない。前田家の実績というのは、――麻薬取引ということだろうか。

厳しい声で柊一郎は真咲を見据えて言った。

「インドの通行証を譲り受けたい。引き替えにこの屋敷を返そう。それで手を打つ。そっちからの提案だ。嫌とは言わないはずだ」

「アンタ、通行証を手に入れて、どうするつもりなんだよ」

嫌な予感がして呻《うめ》くように真咲は訊いた。譲るつもりの通行証だ。宣親が言い出したことだった。だが麻薬密売を疑われていたというなら心外だ。満彬の名を穢《けが》すようなことは許さない。

「麻薬なんて絶対に許さない！」

大麻、阿片。身を滅ぼす悪魔の薬だと聞いた。元気が出る薬だと密売人は勧めてくると言うが、それは生きるための力を無理やり使っているだけだということらしかった。半月ほどはいいが、今度は薬がなければ暮らせなくなる。薬を買うために金が必要になり、家を滅ぼす。やがて薬に骨まで冒され、抜け殻のようになって死ぬのだと聞いていた。

柊一郎は真咲の否定を、皮肉な笑顔で笑い飛ばした。

「おまえも楽しんだじゃないか」

「……」

血が引くのを感じた。あれは、麻薬だったというのだろうか。

「極限まで精製した極上品だ。気持ちがよかっただろう?」

「アンタ……麻薬の密売人だったの」

真咲は愕然《がくぜん》と柊一郎に問い返した。

「柊一郎さま」

余計なことを言いすぎるなという声音で、吉川が口を挟む。

通行証が欲しい理由も、伯爵家の称号を諦《あきら》められない理由もわかった。通行証でインドの麻薬密売人と取引がしたいのだ。税関や裁判所に圧力をかけるため、少しでも高い爵位が必要だった。当然通行証を手に入れるべきなのに、柊一郎が迷っていたのはそこだ。

種から生まれたばかりの二葉でも潰れれば痛むものだなと、どこか他人事《ひとごと》のように笑いたい気分になりながら、真咲は低く呟《つぶや》いた。

「今すぐ出ていけ」

堰《せき》が切れれば怒りが噴き出す。

「坊っちゃんには言わないから、今すぐ出ていけよ!」

「通行証を貰ってからだ」

「密売人なんかに渡せるわけがない! 警察に通報してやる!」

生きるために手放すことすら惜しい満彬の形見だ。人々に地獄の薬をバラ撒《ま》く、悪の商人

に渡すなどもってのほかだった。

「それでけっこう。しかし、うちの他に通行証を今すぐ買える人間は少ないだろうな。通行証が買えないとなると、俺も手ぶらで帰ることはできない。今すぐ貸した金を耳を揃《そろ》えて返してもらおうか」

酷薄な声で柊一郎は言った。

これが柊一郎の本性だったのだ。

成金の、残忍で狡猾な麻薬密売人。

そんな男に、少しでも心を傾けた自分が哀れになった。ほんとうに馬鹿だ。この数日の思い出を、自分の心の奥底に大切に仕舞おうと思っていた自分が恥ずかしい。今でも信じられないと思う心が、たまらなく悔しかった。

真咲はかぶりを振って部屋を飛び出した。呼び止める声は聞こえなかった。


どうしよう……。

屋敷の廊下をのろのろと歩きながら真咲は俯いた。こんなときばかりは、掃除をすると辟《へき》易《えき》するほどの長い廊下がありがたい。

柊一郎が麻薬密売人だったなどと、宣親に言えるはずがない。宣親は、柊一郎の見せかけの紳士的な態度を好ましく思っているようだ。もしも、柊一郎の正体を宣親に話してしまえば、到底通行証を譲ることを承諾しないだろうし、借金をしたままの状態をよしとする人でもない。

宣親は聡明だが世間知らずだ。そして誰よりも貴族らしい人だった。柊一郎の正体を知ったら、彼と懇意にした自分を恥じ、命を絶つと言い出しかねない。だからといって、金を返す当てもなく、何も理由を話さずに真咲がただ「出ていこう」と言っても宣親を納得させられるとは思わなかった。

警察に言おうかと思うが、証拠もないうちから警察はなかなか動いてくれない。東嶋家が麻薬密売をしていると訴えても、その前に東嶋家は証拠を隠してしまうだろうし、没落した前田家の訴えなど聞いてくれるはずもない。何しろ相手は隆盛を極める東嶋商会だ。

柊一郎が密売人だと知ったことも衝撃だったが、自分に吐いた言葉もすべて嘘だったのだろうかと思うと、それが辛いのが真咲にとってはさらに衝撃だった。

自分に好意を寄せさせて情報を搾り取るつもりでいたのだろう。それを真に受けて、危うく信じてしまうところだった。家に来いと言われてのぼせ上がった。傾くつもりはなかったが、忠誠と恋心の共存を、一瞬でも考えてしまったのが柊一郎には丸見えだ。どれほど滑稽《こっけい》に見えていただろう。

「……」

宣親の部屋に向かおうとしていた足を止めて、真咲は廊下に立ち止まった。両手の指を組んで、血が上りそうな額に押しつける。息が震えていた。どきどきする心臓の音ばかりが耳に響いて、まわりの音が遠い気がする。

こんな顔を宣親に見せられない。

真咲は一旦自分の部屋に戻ることにした。

こんなとき、是光ならどうしただろう。

――『火急の事にて候へば、執事たるもの――』

もはやこの先は、宣親の身に何かあったときくらいしか、判断がつかないほど動転することもないだろうと、読み飛ばしていた執事の心得の中に、そんな文言があったような気がする。

部屋に帰って記録帳をぱらぱらと捲る。万年筆のインクの色を変えていたところだったと記憶していたから、すぐに見つかった。

――『なにごとも、主の御為《おんため》に』

是光の出した結論はそうだ。

自分がどれほど苦しんでも汚れても、ただ宣親のために。

黙っておくべきだろうと真咲は判断した。宣親に悩ませ、苦渋の決断をさせるくらいなら、なりゆきのまま通行証を渡し、後々真咲自身、誰か宣親を託せる人を見つけたあと、この手で柊一郎を殺しにいけばいい。

やはり恋だったのか――。

踏みにじられた二葉の名前を改めて真咲は思い知った。

これまで何度も恋をした。失恋したこともあるし、いろんな恋の終わり方を見てきた。けれど、こんな手ひどい裏切られ方があるとは想像したことがなかった。


真咲が部屋を辞して一時間くらいあとに、吉川が手紙を持ってやってきた。内容は、返済は通行証で受けるということと、今いる部屋をこのあとも間借りしたいということだ。期間はこの屋敷がある限り、家賃を払い続けるという。

出ていかない気かと驚いたが、吉川が手紙の内容を補足した。前田家は、たとえば東嶋家に対する借金がなくなったとしても、当座金を手に入れられる当てがない。彼らが部屋を借りると言っても、ここに住まう気はなく、生活費の援助だと判断してほしいということだった。実質口止め料ということだろう。生活費を払い、見張っているとばかりに屋敷の一角の所有権を持つ。裏切って警察に通報すれば同罪だ。

「ご温情に甘えるつもりです」

何も知らない宣親は、東嶋の申し出を純粋な優しさと捉《とら》えて吉川に答えた。吉川は宣親の言葉を受け取ってから、慇懃な様子で部屋を出ていった。

昼前、柊一郎が吉川を従えてやってきた。柊一郎は下話などなかったふうに先ほどと同じ内容の提案をし、宣親もしらんふりで快く受け入れた。

昼前に迎えの馬車が到着した。

「世話になった」

素っ気ない一言を残し、柊一郎は、来たとき以上に派手派手しく上等な馬車に乗り込んだ。白手袋をした吉川が、軽く胸元に手を添え、見送りに出た真咲に深く頭を下げる。

二人が乗り込んだ馬車は蹄《ひづめ》の音を立てて軽やかに遠ざかっていった。

『うちに来ないか』とさんざん誘い続けてきた言葉が嘘のように、柊一郎との別れはあっけなく、そして苦いものだった。

そしてその夜――。

「――反省したんじゃなかったのかよ……！」

吉川の言葉を信じるのではないが、迷惑というか懲りないというか、いったい何なんだ、というか。

ドアの修理が間に合わず、玄関ドアにはさしあたり急拵《きゅうごしら》えの門が渡されている。夜中にいきなりそれを外から蹴り開けられた。びっくりしすぎて呆然とするしかない。

刺客は三人。今度も真咲の相手ではなかった。

肩で息をしながら、暴漢の背中を踏みつけて押さえる真咲に男は藻掻《もが》きながら叫んだ。

「この国賊め！　一人で旨《うま》い汁吸おうったってそうはいかねえんだ！　金の亡者め！」

「だからそれはないって！」

そんな羽振りのいい話、今のところ前田家にはまったくないと本当に胸を張って言える。

真咲は男を踏みつけた足にぐっと力を込めて怒鳴った。今日は自分を止める吉川はいない。

「言え！　誰に命じられた！」

「言わねえよ！　売国者、東嶋柊一郎は俺が殺してやるんだ！　とっとと出しやがれッ！」

と叫んで、男は床に倒れたまま、フはははははァ！　と、いかにも作り物めいた声で笑う。

「――……東嶋……？」

信じがたい名前を聞いて、真咲は顔を歪めた。

「そうだ！　あの密売人だ！　隠れやがって、怖《お》じ気づいたか！」

「あの、……ここ、前田ですけど」

暗く、途方に暮れる気持ちになりながら、小さな声で真咲は念を押してみた。男は倒れたままふんぞり返りそうな得意声で喚いた。

「知ってるわ！　没落前田家は東嶋が買い取ったんだろ！　この家に住んでるのは知ってるんだ！　東嶋を出せよ！」

「帰ったよ」

ぼそりと真咲は応えた。ひげ面の男は間抜けに目を瞠る。

「えっ」

「帰った。今朝」

「えっ」

驚き、呆然、脱力、やるせなさ。それらが順に身体の中をすぎていくと、今度は突き上げるような怒りが腹の底から湧いてきた。

「おまえの主を出しやがれ！　いい加減にしろよ!?」

何もかも腑《ふ》に落ちた。

昨日も今日も、東嶋狙いでこの屋敷は襲われたのだ。

——反省したでしょうから。

吉川がそれに気づいていたのは間違いない。

そして。

腹の底で、めらっと赤い炎が燃え上がる熱さを真咲は覚えた。

——あの野郎、逃げやがった……！

気づいたからさっさと柊一郎は逃げ出したのだ。思い返せばいかにもそそくさとした去り際だった。いつもの気まぐれかと思ったが、よく考えれば不自然きわまりない突然さだ。

驚きすぎて感心した。これ以上の裏切りは探そうとしたって容易ではない。

立場の弱い宣親を、そして側に来いと熱心に誘った真咲までもを見捨て、あまつさえ囮《おとり》にして、柊一郎は自分一人で逃げ出したのだ。

真咲は足の下で「殺すなら殺せ！」と粋《いき》がって喚いている男をぎゅっと踏みなおして唸った。

「おい。案内しろ」

引け目とか恋心とか、そんな繊細なのはもうやめだ。真咲はぐしゃぐしゃの玄関で叫んだ。

「柊一郎も、柊一郎を狙ったやつらも！　まとめて警察に突き出してやる！」

知らなければよかったと思うことの連続だ。

「ほ、ほんとうに、ここ、ですよ、旦那！　嘘ついてないからそれはずしてくださいって！首に刺さりますって！」

真咲に長巻を突きつけられながら男が案内した家は、橋田家——前田家の葬式を手伝ってくれた家だ。

信じられないと問いなおしたが、男は間違いなくこの家から金を貰っているという。主の名前も間違いなかった。

——満彬さんには世話になったから、葬式のお世話くらいしますよ。

——前田への義理は、これで果たしたよ？　いいね？　これっきりにしておくれよ？

どん底で宣親を見捨てた人だ。以前立場が逆だった頃、満彬に助けてもらった恩をすっかり返せたと思っている人のようだった。それでも最後まで残ってくれたのが橋田家だ。引導を渡すような別れだったが、押しつけあって逃げ出した家々よりよほどマシだと、冷たい背中を見送りながら感謝していた。

今、思い返せば心当たりはあった。

——満彬さんが遺したものは他にないのか。

——たとえば、倉庫の鍵とか、誰かへの遺言とか。日本語以外の書類とか、紙束のようなものとか。

満彬が亡くなってまだ途方にくれるばかりの頃のことだった。裕福なはずの橋田家にして火事場泥棒のようなことをするのかと悲しさを覚えていたが、あれはインドの通行証のことだったのだろう。

その頃は真咲も通行証のことなどまったく知らなかったから、言われるままに心当たりの書類のすべてを見せた。「こんなものじゃない」と言われたから、あいにくこれしか残っていないと答えた。満彬は真咲の知らないところで、宣親に直接、通行証を手渡していたのだ。裏切られたというには悲しみは緩慢だった。橋田は宣親を狙ったわけではない。柊一郎も宣親とは正当な取引しかしていない。自分たちはただ、密売人同士の抗争に巻き込まれただけだ。

だが——これでは正義がまかり通らない。

「俺だって、男だ」

柊一郎に身体を犯され、優しくされてほだされて、憧《あこが》れめいたものまで持ったというのに、密売容疑は勘違いで、これ以上の宝は出ませんでしたで済ませられると思ったら大間違いだし、尻ぬぐいをさせられるのも絶対ごめんだ。

「来い！　おまえが証人だ！」

真咲は男に命じて、男の腕を引っ張った。

「証人って何だよう！」

「こっちの事情だ、気にするな！」

悪事を咎めて押し込むのに証人も何もあったものではないが、お家の事情で今回ばかりは必要だった。真咲は前田家の人間だ。橋田家には世話になったばかりだし、当然顔見知りも多くいる。そこに殴り込んで、いきなり麻薬の密売をやめて出頭しろと言っても、「どうしたんですか、石田さん」と笑われておしまいだ。自分を襲った男を連れ、前田家に押し込んだと証言させ、それが橋田の指図だったとこの男に言わせてようやく争いごとになる。

「嫌ですよ、旦那！　勘弁してくださいよ！　俺が殺されちまいますよ！」

嫌がる男に長巻を突きつけながら、真咲は橋田家の門をくぐった。

前田家以上に広い庭だ。夜だが隅々までよく手入れが行き届いているのがわかる。この庭のどこかに満彬が贈った薔薇も咲いているはずだと思うと歯がゆさに涙が出そうだった。

庭の小径《こみち》を歩くと大きな玄関に辿り着く。真咲は、獅子が咥《くわ》えた錬鉄製の輪を握り、力を込めてドアを叩いた。夜は遅いが執事がいるはずだ。主の寝室まで殴り込む腹も括《くく》った。

出頭しろと言うつもりだった。洗いざらい警察で吐いて、改心してくれと言うつもりだった。

橋田本家に楯《たて》を突いて真咲が無事でいられるとは思わない。もしも出頭の願いが叶い、その上で咎められたら、宣親に詫《わ》び、ただ宣親に後ろめたく思うことは少しもないと誓って相応の責任を取ろうと思っていた。

真咲の気持ちを訴えるように何度もドアを叩いた。――だがどれほど待っても誰も出てこない。

あまりの待たされっぷりに勢いは減った気がしたが、冷静になった分、決心だけは固くなった。もう一度叩いてさらに待ってみた。だがどれほど待っても扉の奥からうんともすんとも音は聞こえてこない。

もしかして、と思ってドアノブを捻ってみるが鍵が掛かっている。

困ってしまってあっちこっちの窓を見渡していると、男がびくびくした声で言った。

「……今日は舞踏会だから、みんな新しい屋敷の方だよ、旦那」

「早く言えよ！」

真咲は真っ赤になって怒鳴ってから、男の腕を摑んで屋敷の前を右手に折れた。

鉄道事業で成功した橋田家は羽振りがいい。本宅の裏に、舞踏会専用のホールを新しく建てたのだと真咲も風の噂に聞いていた。

橋田家とはもう縁は切れたのだと思っていたが、ひどいと思う気持ちも止められない。満彬の忌中も明けないうちから舞踏会を開き、私利私欲のために柊一郎を襲って、前田の屋敷で血を流そうとするのは道徳に欠けている。

椿《つばき》が咲き誇る垣根を右手に見ながら、冬の枯れた芝の上を男を引っ張りながら歩く。

「入り口はどこだ！」

真咲は中で繫がっているようなふたつの建物の壁を見上げて男に訊いた。橋田家に使いに来たことがあるが、最後に来た頃にはまだ奥の建物はなかった。建物を見上げると、ところどころ暗い灯りは点いているようだが、音楽は聞こえないし、家人が片付けをしている様子もない。遅い時刻だが総仕舞いは早すぎる。

「入り口はあっちだよ」

男が指さすのは裏庭のさらに裏庭だ。

「向こうは裏口じゃないのか」

「だって、表はお屋敷の中から続いてるからさ……！」

「？」

わけの分からないことを男は言う。それなら客人が来ているというのに、表玄関が閉まっているのはおかしい。舞踏会が終われば、親しいものばかりで麻雀やカードに興じるのが貴族のたしなみだ。一人でも客人が残っているなら玄関の灯りは消さないのが屋敷の常識なのに。だが、今は客人は後回しだ。まずは橋田の主人に会って、真実を問いたださなければならない。

「いいから案内しろ」

普通の貴族の屋敷なら、リビングや寝室の位置は想像がつくのだが、セカンドハウスとなると心許《こころもと》ない。多分、ダンスホールがあり、玉突き遊びの部屋と、麻雀の部屋がある。ゲストルームが多いはずだ。厨房が本家と共同か、橋田の主人がふたつの屋敷をどの割合で生活するか、それだけでぜんぜん間取りも違ってくる。

「へい……」

すっかり大人しくなった男に、長巻をチラチラと見せながら建物の中に入る。裏口のランタンには種火だけが残されていた。室内が暗く照らされている。傘やバケツ、炭の籠、丸めた縄や長靴などが置かれている。使用人の準備部屋のようだ。真咲が壁に掛けられているランタンに手を伸ばし、炎を大きくしようとつまみを捻ったときだった。

「あっ！」

男が真咲を横から突き飛ばした。大きくよろめき、壁に手をつき振り向くときには、男は奥へ向かって駆け出すところだ。とっさに手を伸ばすが間に合わない。

「ばーかばーか！　この没落貴族が！」

あかんべーをしながら男は悪口を残して逃げ去った。バタバタと廊下の奥の暗闇に足音が遠ざかる。しまったと思ったが、どうせ屋敷の中だ、必ず探し出せるはずだった。

証人はどうしよう、と思ったがこうなっては仕方がない。男が依頼人のところに逃げ込んだならなお好都合だと思って真咲は歩き出した。

真咲はランタンを手に、男が出ていったドアをくぐった。

左右に長い廊下がある。男は右側に逃げたような音がした。

「……」

真咲は少し考えて、左へゆくことにした。表の屋敷に近い方だ。執事の部屋は入り口に近い場所にあるものだ。執事の部屋が分かれば、応接室とリビングの場所の見当がつく。

靴音を殺して廊下を歩いた。新しい屋敷は廊下の長さを見るだけでもかなり広い。橋田の屋敷は元々が大きくないから、もしかすると新しいこっちの棟のほうが広いかもしれない。

英国風の洒落た造りの屋敷だった。あちこちに西洋のタイルが嵌《は》め込まれ、壁に小さな洋画が掛けられている。

壁に並ぶドアの奥の気配を窺いながら、慎重に真咲は歩いた。終わったとはいえ、舞踏会の夜だというのに、不思議なくらいに人の気配がない。

月光のある夜だった。ランタンはいらないかもしれない、とランタンのつまみに指を伸ばすときだ。

「――……ですから、そこは、・・……さまが……」

人の囁き声を聞いて真咲は足を止めた。扉の向こうだ。男の声がする。

「警察は恐るるに足りないでしょう。私たちが知らないと言えば、証拠などどこにもないのですから」

怯える声を嘲笑うような大きめの声が聞こえてくる。

「ですが、東嶋の次男は、昨日も――、って、多分当家にも……、・・……」

柊一郎？

真咲は耳をそばだてたまま眉を顰めた。やはり柊一郎も関係していたのか。

「夜盗と言っても・・……が……――。阿片の荷は・・……東嶋家の船にも……。……・・――ですから」

そう言いかけた男の声を、ガシャン。と何かを叩く音が遮った。男の恫喝《どうかつ》が聞こえてくる。

「馬鹿を言わないでください！　東嶋柊一郎さえ暗殺してしまえば何も問題はない！」

真咲は耳に飛び込んだ言葉に息を止めた。

柊一郎を暗殺――。

てっきり仲間だと思っていたが、東嶋は橋田家の商売敵なのだろうか。

「……」

そう考えれば納得がいった。密輸のルートなど、そう何本もあるものではない。力を伸ばしはじめた東嶋家が、そしてそこで力を発揮する柊一郎が邪魔なのだ。

「なあに、たかだか男爵家の次男が死んだところで、大した咎めがあるものか。邪魔なのです。手勢はすでに雇っています。夜盗の仕業にでも見せかけて、今晩も二ヶ所刺客を放っています。片方は血に飢えた浪人上がりです。殺しそこねることはない」

「……！」

柊一郎も警察に捕まってしまえばいいと思うが、むざむざ殺されるのを見過ごすわけにはいかない。柊一郎に危険を知らせ、その足で橋田のことを伝えるために警察に走る。それがいちばん正しい方法のはずだ。

「――……」

殴り込むのをやめ、真咲は気配を殺してドアから離れる。振り向いた拍子に、上に乗っているだけだったらしいランタンの蓋《ふた》が滑り落ちた。溶接していないのかと焦ったがもう遅い。

「！」

押さえようと手を伸ばすが間に合わず、銅の蓋は大理石の廊下にカランカランと音を響かせて転がった。

「誰だ！」

中から鋭い声がする。しまったと思いながら、真咲はもと来たところから外に逃げ出そうと身を翻したが、その場で足を止めた。反対側から先ほどまで捕まえていた男が仲間を四、五人連れて、こっちに走ってくるのが見える。

「いたぞ！」

真咲の手には長巻があった。だが相手は手に拳銃を持っている。刃物だけなら無敵だが、拳銃の相手は無理だ。

「ち……！」

反対側、屋敷の奥に向かって逃げようとしたとき、聞き耳を立てていたところのドアが、ばん！　と開いた。

焦げた悪臭がむっと香って真咲は思わず袖で鼻を押さえた。煙が廊下に流れ出してくる。薄明かりの部屋の中は、草を燃やしたというにも強烈な悪臭のする煙が立ちこめていた。

阿片だ、と、真咲はとっさに思った。

阿片は汁を固めたものを舐《な》めたり、粘液に直接塗ることもあるが、一般的には錬《ね》り香のように丸めたものを皿で熱して煙を立てるのだと、かの麻薬事件の捜査にきた警官から蘊蓄《うんちく》をたっぷり聞かされていた。独特の悪臭がすると。港の至る所でこのにおいがするから、香港は香港と呼ばれるようになったということも。

息を止めて、思わず真咲は後ずさった。このにおいは、どこかで嗅《か》いだにおいだ。

あの軟膏《なんこう》。

——そして、柊一郎たちが纏《まと》っていた煙のにおい。

あれは阿片だったのだ。

やっぱり、と突きつけられる事実に愕然とするが、今は嘆き悲しんでいる場合ではない。

部屋の中からガウンを着乱した男が二人出てきた。

「おまえ。——おまえは、前田家の」

後から出てきたのは橋田の当主、本人だ。

「なんれおまえがここにいるッ！」

橋田が、真咲を指さし、ろれつが回らない声で怒鳴るのに、真咲は鋭く踵《きびす》を返した。襟足の辺りで橋田の手が空を掴む気配がした。振り向かずに真咲は走った。

あれはほんとうに橋田なのだろうか。

信じられない気持ちだった。葬式のときの気取った様子は跡形もなく、背中を丸め、襟をはだけ、焦点が合わない目をしてだらしない口許でふらふらと歩く。薄暗い部屋の奥には他に何人もいたようだ。

今夜は舞踏会などではないと真咲は悟った。

夜会は夜会でも、金持ちを集めて麻薬に耽《ふけ》り、賭《か》け事や売春をするようなふしだらな夜会だ。

「屋敷の方に逃げたぞ！　追え！」

背後に聞こえる声から、真咲は必死で逃げた。間取りを知らない家だ。迷ったらすぐに袋小路に詰まってしまう。窓際の廊下を走ると玄関に行き着いた。本宅と繋がっているようだが、ランタンは消され、扉は閉ざされている。鍵は掛かっていると判断したほうがいい。

真咲は玄関の正面にある階段を一気に駆け上がった。さっき庭を歩いたとき、二階で繋がる渡り廊下が見えた。玄関を壊す力はないが窓硝子《まどガラス》くらいなら何とかなるだろうと思って踊り場を折り返す。階段を上がりきると、正面に大きな硝子の扉があった。鍵は内側から開けられる定規くらいの小さな飾りの掛けがねだ。

真咲はそれを開け、空中にある短い渡り廊下に出る。人の声は玄関の辺りを探しているようだ。すぐに階段を上がってくる足音がする。

渡り廊下の向かいには、先ほど真咲が開けたと鏡のように同じに作った硝子戸がある。

「大変恐れ入ります――――！」

もう緊急なのだと呟いて、真咲は、鍵がある位置を勢いよく蹴った。上手い具合に掛けがねが吹き飛び、硝子を割らずに両開きの扉が開いた。

割れた硝子の掃除はほんとうに大変なのだと、ほっとしながら真咲は本宅の下へ伸びる階段を駆け下りる。いちばん下に足が着く寸前、突然目の前をやわらかいもので塞がれた。

「わぷ！」

立ち止まって見渡すと、大きく差し出された生け花が目の前に広がっていた。柳や葛《かずら》が混じった背丈を超える、網のように広がった大きな生け花だ。階段の両側から差し出ている。この階段を通行してはならないという意味だろう。招かれたものはすでに阿片に浸っている。外部の客はこの渡り廊下に繋がる階段を渡ってはならない。

振り払って進もうとすると襟を何かが引っ張った。指で外すと野バラの蔓《つる》だ。引っかかった拍子に花が取れてぶら下がっていた。

「ごめんな」

真咲はそれを手のひらに握った。こんなことに巻き込まれて捨てられるのも可哀想《かわいそう》でポケットに突っ込む。帰ったら必ず水に浮かべてやろうと思いながらまた駆け出した。

本宅まで来れば、間取りの見当はつく。執事の部屋に押し入って、鍵を強奪して玄関から出るのが間違いないだろう。そのまま厩《うまや》で馬を駆り、柊一郎の屋敷へ殴り込む。あのときのお返しだ。長巻を振りかざして東嶋家を襲撃しても、柊一郎は何も文句を言えない。

そう決心しながら玄関ホールに飛び出したときだ。

「いた！　いたぞ！」

新しい屋敷から、鍵を使って下の廊下を降りてきた男たちが真咲を見つけて声を上げた。暗がりで数えるだけでも七、八人はいる。室内に逃げ込めば袋の鼠《ねずみ》だ。背後を振り返ると階段の上から真咲を追ってきた男たちが駆け下りてくる。

「く――！」

万事休す――！

多分ここまでだと思いながら、ダメモトで最後に新しい屋敷から来た七、八人のところに飛び込んでみるか、と真咲が長巻の柄を握りしめたときだ。

目の前にある玄関ドアの金具が、ガキンッ！　という破裂音と同時に火花を散らした。ハンパに歪んだ頑丈な金具にもう一発。

今度はドアノブが弾《はじ》け飛び、重たい音を立ててゴロゴロと床を転がった。

「……」

どこかで見たことがある光景だった。

ぎい……、と重いドアが開く。現われたのは。

「……あっ」

「吉川さん！」

びっくりした顔の吉川だった。

「どうした。吉川」

背後から玄関の中を覗《のぞ》き込んできたのは。

「柊一郎！」

「……」

柊一郎は、真咲の顔を見、覗き込んだ肩を一旦元に戻して、玄関を確かめてからまた奥を覗き込んだ。

「真咲⁉」

襲撃する家を間違えたと思ったらしい。

「なんだなんだ！　おまえらは‼」

真咲を追ってきた十人以上の男たちが、武器を構えなおして、柊一郎と吉川に叫んだ。

「どういうことなんだろう、真咲」

ほんとうに分からない、という表情で柊一郎は真咲を見る。そして、

「運命かな」

などと間の抜けた口説き文句にかっとなって、真咲は叫んだ。

「アンタのせいだろ⁉　アンタが麻薬の密売で調子に乗ってるから、コイツらがアンタを殺すって！」

「俺が麻薬の密売？」

「そうだよ、アンタんちの船がデカイから麻薬で儲《もう》けすぎだって怒ってるんだけど、そんな

こと俺が知るかよ！　ほんと迷惑だよッ！」

おかしな顔をする柊一郎に真咲は怒鳴る。事情はよくわからないが、多分そういうことだ。急成長した目の上のたんこぶ、金に物を言わせてのし上がろうとする東嶋商会、東嶋柊一郎を殺せという話だったはずだ。それに無実の前田家が巻き込まれた。とんだ災難だ。それなのに真咲は柊一郎の命を助けてやろうとしていたところだ。罪人のものでも命は命。こんなところで笑えもしない口説き文句を聞いている場合ではない。

「人聞きが悪いな」

柊一郎は肩を竦《すく》めた。吉川も嫌な顔をする。

「ほんとうに。そもそも石田さんはこんな時間にこんなところで何をしているのですか？　前田家に殉じるとあれだけ啖呵《たんか》を切ったあなたが、もう鞍換えですか」

「違うよッ！」

みっともない、と白手袋を口に当てて失笑する吉川に怒鳴り返した。そして唸る。

「夜中にドアノブを銃で撃ち壊して押し入る。これが東嶋家のお作法みたいだな！」

麻薬の密売者にふさわしい荒くれ者の所行だ。もしかしたらいつもこんな風に、貴族の家を襲撃して回っているのだろうか。もしかして東嶋家の資産とは強盗によるものではないのか。そう思ったときだ。

「——橋田孝典《たかのり》。阿片、大麻の不法所持で逮捕する」

背広姿の柊一郎が、目のまえに広げた紙を翳した。赤い囲みに、大きな朱印が捺《お》されている。

前田伯爵家宛の重要な書類の中に同じようなものがあったのを真咲は思い出した。是光に説明を受けたことがある。裁判所から出された正式な書類の形式だ。

柊一郎の背後から、黒い制服を着た男たちがわっとなだれ込んだ。腕に桜の紋。警察だ。屋敷の中に駆け込んだ警察官たちは、真咲を追い回していた男たちと揉《も》み合いになっている。

「な……どういうこと……!?」

目を白黒させて背後の乱闘と、柊一郎を見比べた。柊一郎が通報したのなら警察だけがくるだろう。柊一郎が先頭を切って乗り込んできたということは——、

「アンタ、警察官だったの!?」

「正確には警察官じゃない。政府の依頼で、麻薬の取り締まりをする組織設立の準備をしているところだ」

「うちに押し込んだのもそのせい？」

「ああ。前田家には麻薬密輸の疑いが掛かっていた。橋田との繋がりもあるし、前伯爵が亡くなって遺品に手をつけられたら証拠がなくなる。勘違いの上に、とんだ失礼を犯した。許せ。あとでよく謝る」

今は説明の暇がないと言いたげな柊一郎を見つめても混乱するばかりだ。

「そんな……そんなこと急に言われたって！　なんで言ってくれないんだよ！」

「隠密《おんみつ》だからです」

横から口を出したのは吉川だ。だがそんな言い訳は受け入れられない。

「どこが隠密だよ！」

人の家のドアノブを拳銃で撃ち壊した挙げ句、日本刀を振るっての大立ち回りをしたくせに、隠密も何もない。

「まったくですよね」

息をついて吉川は背後に銃を構えた。

ぱん！　と音がして、近くで日本刀を振りかぶった男が肩を押さえて後ろに倒れ込んだ。

「柊一郎さまは石田さんを連れて一旦屋敷を出てください。人数が多すぎます。危険です」

「ああ。任せる。俺と一緒に来い、真咲」

柊一郎が真咲に近寄ってきて、驚くばかりの真咲の腕を摑んで、引っ張った。

「柊一郎……」

腕を摑まれ、玄関に向かって引きずられながら、真咲は柊一郎に訴える。

「なんで言ってくれなかったの？」

前田に麻薬密輸の疑いがかけられていたと。乗っ取りに来たのではなく、麻薬密売業者ではなく、政府の依頼を請けた捜査だったのだと。

「巻き込めないと思ったからだ。橋田の馬鹿がそっちを狙うとは思わなかった。本当にすまない」

前田家から逃げ出したのは、巻き込むのを恐れたからだ。橋田家の狙いが柊一郎なのを柊一郎は知っていた。昨日、柊一郎たちがわざと憎まれ口を叩き、派手派手しく前田家を出ていったのも、前田家との交友を終わらせ、それをまわりに見せつけるためだった。

「前田家の麻薬容疑は晴らしようがないと思っていた。おまえだけでも助け出したかったが、おまえは前田家を離れようとしない。俺が誘っても、金を積んでもだ」

「当たり前だ！　どんだけ思い上がりだよ！」

そんな事情も話さずにただ恋心に任せて、来いと囁かれても行けるはずなどない。

——事情は話せない。

そう聞いていたのに、頭ごなしに疑った自分も悪いが、出会いが最悪だったのだ。

「好きな男のためなら、家を捨ててくれると思っていた」

「俺がいつ、そんなこと言った!?」

「言っていない。既成事実も事実もいっしょになってしまえば問題ないと思っていた」

「能天気すぎだろう、それ！」

「好きだ。真咲」

夜闇の中をどんどんやってくる警察と擦れ違いながら、横顔のまま柊一郎は言った。腹立たしさと恋しい涙がいっしょに込みあげて、真咲は怒鳴った。

「俺にあんなことしたくせに！」

好きだと言われても信じられない。自分を犯した男だ。蔑んだあの夜の目は忘れない。見間違いとも言わせない。

「麻薬を密売する前田家に最後まで残ったおまえは、麻薬常習に違いないと思っていた。待遇を約束しても、金を積んでもなびかない。麻薬漬けの人間にはよくあることだ。俺は、おまえの手の中の野バラを見ていたのに……ほんとうに悪かった」

「そんな……！」

真咲自身、麻薬中毒者と間違えられた。柊一郎が真咲を軽蔑したように扱ったのはそのせいだと、柊一郎は言った。

呻くような声で、柊一郎は呟く。

「俺は麻薬が憎らしい」

「柊一郎」

「俺の父は、阿片の中毒患者だった」

――父は、毒と知らずに薬を飲んでいた。

柊一郎の打ち明け話を思い出した。

麻薬は当初、万能薬のような強壮や、恍惚《こうこつ》をもたらすという。

麻薬だったというのだろうか。

――それを運んでいたのが吉川だ。吉川自身、それを薬だと信じていた。

柊一郎が麻薬を憎むのも、東嶋家に起こった悲劇も麻薬のせいだったのだろうか。

そのせいで麻薬を恨み、自ら危険に晒《さら》されながら撲滅に身を尽くしているというのか。

「なんで言ってくれなかったんだよ！」

いろんな秘密を抱えすぎだ。教えてくれればよかった。悲しい事情を打ち明けて、本気なのだと言ってくれればよかった。

――好きになってよかったのだろうか。

宣親を捨てることはできない。でも、心だけでもこの人に添ってよかったのだろうか。

驚きと安堵《あんど》で柊一郎を見上げる。

この人を愛しても、よかったのだろうか。

「柊一郎……。俺は」

問いかけようと口を開いたときだった。

「――死ね、東嶋柊一郎ッ！」

奥の方から叫び声が聞こえた。

大混乱の中で猟銃を構えた男がいる。銃の上で、赤い導線がちりっと火花を上げるのが見えた。

「危ない、柊一郎！」

真咲は叫んで、柊一郎を扉の陰に押し倒すように抱きついた。

「！」

脇腹から下腹にかけて、焼けた火箸《ひばし》を突っ込まれたような熱さが貫いた。

「……っつ——……！」

「真咲！」

「逃げろ、柊一郎」

ぼたぼたと床に血を零し、うずくまりながら、真咲は抱き支えようとする柊一郎に言った。

下腹が痛い。起き上がろうとしたが、がくりと崩れて少しも動けなかった。

事情はまだ上手く呑み込めないが、この男は生かさなければならないのが真咲には分かる。

柊一郎の物になれなくても、柊一郎を庇って宣親を残して死んでしまうことになっても。

「真咲！」

「坊っちゃんの次でいいならアンタのことを好きになってやる！」

激痛のある腹を押さえて真咲は叫んだ。

ポケットに入れていた野バラが手の横に落ちていた。床に流れてくる血がその下に滑りこみ、花びらが赤く染まってゆく。

柊一郎は一瞬呆然と野バラを眺め、真咲を床に残して無言で立ち上がった。踏み出すとき、腰に携えている日本刀の鞘《さや》が、鈴の音のような音を立てるのが聞こえる。

「柊一郎！」

月夜に刃を光らせながら、奥へ向かう柊一郎に地面に這ったまま真咲は叫んだ。柊一郎を止めなければならない。でもまったく動けなかった。床には血だまりができていた。追おうにも、痛みと出血がひどくて立てない。

「柊一郎ッ！　駄目だ！」

もしも正義のために来ているのなら、柊一郎は恨みの刃で人を殺してはならない。殺気走った背中に真咲は叫ぶ。動転した様子で新しい弾を込めている猟銃の男に、柊一郎が刀を振り上げたときだ。

バン。と破裂音がした。

「――お下がりください、柊一郎さま」

銃から硝煙を立ち上らせる吉川が立っていた。猟銃の男が、鉄砲を投げ出し、肩を押さえて床に転がっている。

吉川は静かな横顔を見せながら言った。

「あなたの手を汚す必要がありません。そのための私です」

警官に囲まれた。上着に包まれ、抱き支えられる。

下腹が熱かった。脈打ちながら何かが溢《あふ》れてくる感触もある。

「真咲。――真咲ッ！」

心配というより、もはや怒鳴り声で柊一郎が自分を呼ぶのがわかる。

「坊っちゃんに、……伝言を」

苦しい呼吸に喘《あえ》ぎながら真咲は、伸ばされる柊一郎の手を、血に染まった手で握りかえした。興奮と痛みで、声が震える。柊一郎が手を握っていてくれなければそのまま気を失ってしまいそうに腹が痛い。

「坊っちゃんではない人を、好きになってしまって……申し訳ありません、と」

自分でも何を口走っているか分からなかったが、宣親に渾身《こんしん》で謝らなければならないのはよくわかっていた。

宣親以外の人間を好きになってしまった。宣親以外に捧げてしまった。

「どうしよう。柊一郎が好きだ……」

泣き言に似た声を、柊一郎の胸に抱き潰される。

そこで夜の記憶は終わりだった。

消毒薬のにおいばかりが鼻につく。

「――弾は貫通していますが、内臓がどうなっているか――……」

ぼんやりと目を開けると、手を血で汚した白衣の医師が難しい顔で、柊一郎に話しているのが見えた。

「……ふ……」

景色が暗い。息を吐くたび身体が熱くなって苦しかった。重い瞼《まぶた》を開けるとぐにゃぐにゃと飴《あめ》のように視界が歪む。腹は焼けた鉛を詰めたようだ。息ができないくらいに重くて痛い。

「真咲……」

囁かれて、ようやく目を開けると上から柊一郎が覗き込んでいるのが見えた。

「しゅ……い、……」

無事だったのか、と思うと、心底ほっとした。葬式から続く、薄暗い雨の夢がようやく覚めたようだった。

「すまない、真咲。巻き込んだ」

こうなるのが嫌だったんだと、柊一郎が真咲を諦めて屋敷を出た理由を、苦痛の声で柊一郎は打ち明けた。

――俺は麻薬が憎くてしかたがない――。

そうだったのかと思う。詳しく話を聞かせてほしいと。

「生きてくれ、頼む」

柊一郎が鼻先で囁いて、浅い呼吸を繰り返す真咲の唇を塞ぐ。

「……うん」

息をひとつ吐いたらそのまま絶えてしまいそうな呼吸の中で、苦く真咲は笑った。腹に穴を開けられて、今にも死にそうだというのに、恋しさが勝るのだから我ながらほんとうに愚かだ。

「アンタは、大丈夫、なの……?」

あのあと、柊一郎は無事だったのだろうか。柊一郎の怖《おそ》ろしい剣の腕前で素人同然の夜盗を斬るのを、吉川はちゃんと止められたのだろうか。

涙で目を潤ませた柊一郎が、真咲の手を頬に当てさせたまま頷く。見たところ、柊一郎には怪我《けが》はなさそうだ。吉川ならきっと、上手くやってくれているはずだと思った。

安堵を覚えながら、真咲は苦く笑った。零《こぼ》れるような呼吸になった。

「……そっか……。悔しい、けど、……アンタが生きてて……、すごくよかった」

もう失うのは嫌だと思っていたから、報われた気分になった。

「ああ。愛しているから、生きてくれ。真咲」

ぼんやりとする意識のなかに、震える柊一郎の声が聞こえる。

「――生きて、もう一度、俺に抱かれてくれ」


「おまえを馬鹿だと思っていた」

食事をしろと連れ出された病院の待合室の椅子に腰かけ、うなだれる姿勢のまま、目の前に立つ吉川に柊一郎は言った。

「償いのためとはいえ、くだらないもののように身を投げ出すお前を」

吉川はあのときに命の重さを知ったのだろう。自らの過ちで失ってしまった柊一郎の父の命と吉川の罪悪感は多分、未だに吉川の中で釣り合いが取れていない。

人の命を守ると言いながら柊一郎には実感がなかったのかもしれない。

真咲が撃たれた瞬間、本気の殺意を覚えた。真咲を失ったら生きていけないととっさに思った。目の前が真っ赤に染まり、真咲を守るためならなんでもしようと思った。

自分がどうなっても、愛する人を守りたい。吉川が止めなかったらどうなっていたか分からない。

これが命の重さかと――これが恋かと、自制のきかない衝動を柊一郎は心の芯《しん》で理解する。

失うのが耐えがたく、そして命がすべての人間の中に詰まっていると思うと戦慄する。吉川の罪悪感も今なら理解できた。そしてそれすら軽々と押し退ける荒々しい感情を、人は、恋という甘い名前で呼ぶのだ。

吉川は黙って立っている。足元にぽたぽたと雫《しずく》が落ちても、ハンカチを差し出さないのが、この男なりの情けなのだろうと、柊一郎は思っていた。

「石田さんは、あなたのものにはなりません」

慰める気もない吉川の言葉は、不思議と痛くはなかった。吉川もまた、執事の道理を知るものだった。

分かっている。それでよかった。

恋とはきっとそういうものだ。

報われず、失う寸前にきっと気づく。腕に抱えたときは、夢見た頃と形が違う。

「分かっている」

呻くように柊一郎は応える。

他家の庭の花であることも、手に入らないことも、初めから知っていた。花として生まれたことを嘆いても意味がない。

「散るのが分かっていても、花は咲くんだ」

胸の花は、懺悔《ざんげ》のような後悔で、恋しさに身を綻《ほころ》ばす。

退院したあと、真咲は東嶋の世話になっていた。

事件の前なら、死んでも手を借りる気などないと突っぱねていたところだが、事情が分かれば素直に頭を下げるしかない。

宣親に看病ができるはずもなく、東嶋の屋敷に一室を借り、生活と往診の世話を受けている。宣親は、何を売っても真咲の治療費を払うと言ってくれたそうだが、柊一郎は自分のせいだと言って受け取らなかったらしい。

† † †

東嶋商会は、兄である東嶋男爵が社長で、柊一郎が副社長だ。柊一郎や吉川が説明してくれるところによると、運輸業という立派な看板を目くらましに、次男という気ままな身分を利用し、そして東嶋社長の右腕として、柊一郎は密《ひそ》かに政界に送り込まれているということだ。

政府の依頼で、東嶋商会の運輸網を駆使して、現在ある警察組織の中に、最近悪質さを増す海外からの麻薬密輸に対する組織を作ろうとしているということだった。

柊一郎は人材を集める傍ら、自ら陣頭に立って捜査をしているという。怪しいパーティーには男爵家の名代として紛れ込み、不自然な会談は商談と称して何食わぬ顔をする。ときには密売業者を装い直接現場を押さえる危険な橋も渡ると言った。

前田家に滞在しているとき、たびたび夜中に出かけていたのはこのせいだ。その頃はまだ、前田家に麻薬密売の疑いが掛かっていたから、前田家を見張る傍ら、前田家を根城にして他に容疑が掛かった家を、真夜中を狙って強制的に捜査していたらしい。真咲に使ったあの軟膏も押収品ということだった。

怪しくとも証拠も手がかりもない前田家のような場合は、気まぐれな成金の次男坊として参上するらしかった。それにしたってやり過ぎではないかと吉川に訊いたら、吉川は同意した。「振り回される私の身にもなっていただきたい」とぼやいていたが、吉川もずいぶん楽しそうだったという言葉を呑み込むくらいの恩義を真咲は持ち合わせていた。

一方、密売人側にも、政府による大がかりな麻薬組織捜査計画は伝わっていて、その頭目となる柊一郎がいなくなれば計画は頓挫《とんざ》するとして、橋田家は柊一郎の暗殺計画に及んだらしい。

あの夜、橋田の家からは大量の麻薬が押収されて現行犯逮捕者が大勢出た。真咲が覗いた部屋の他にも、屋敷のあちこちで阿片が焚かれていたらしい。舞踏会ならぬ麻薬パーティーだ。参加していた社交界メンバー十余人が逮捕、引き続き関係者を捜査中だと聞いていた。

宣親から柊一郎あてに、親戚である橋田の短慮を恥じると謝罪があったということだが、前田家の事情を鑑《かんが》み、すでに交友の途絶えたものとして前田家は不問となった。

その宣親は真咲の治療中、東嶋から差し向けられた使用人に囲まれ、前田の屋敷で過ごしている。『快適だが、朝が厳しい』と寝起きの悪い宣親らしい弱音が、真咲宛の見舞いの手紙に書きつけられていた。


生死の境で、柊一郎に愛を打ち明けたが、運良く生き延びたからといって真咲の立場がどう変わるものでもない。

真咲は前田家の執事で、柊一郎は東嶋家の次男という、見た目より遥《はる》かに重い任務から逃げ出すわけにはいかないのは、真咲にも分かっていた。

一度だけ、柊一郎から相談があった。

——前田家には、責任を持ってうちから家人を出そう。だから真咲は東嶋に——俺の側にきてくれないか。

東嶋家には、吉川の他にも執事補佐が数名いる。未熟な真咲よりよほど立派な執事が差し向けられるだろう。給与も東嶋家が負担すると言ってくれた。

自分の執事として、伴侶《はんりょ》として、生涯を生きてほしいと柊一郎は紳士的に訊《たず》ねてくれた。ようやく身体を起こせるようになったベッドの縁に座って「できることなら俺を支えてほしい」と、柊一郎の厳しい正義の道をともに歩んでほしいと訊いてきた。真咲がどれほど前田家に恩を感じているか、宣親に忠誠を誓っているかを知っていて、どうしても譲れないかと最後の願いをかけた。

柊一郎の仕事が長く困難を極めるものになるだろうことも分かっている。できることなら支えになりたい。力になれなくても、側で苦しみを分かち合いたい。

だが、答えは初めから決まっていた。真咲の絶対はひとつだった。

どれだけ柊一郎を愛しても、真咲は真咲だ。前田のために生きると誓った。これを破ったら自分はもう自分ではなくなることがよくわかっていたし、柊一郎が愛してくれたのも、こんな自分なのだと思っていた。身をふたつに分かてないかぎり不可能だった。ひとつの身体で譲れないふたつを選べば、どちらも駄目になってしまうのがわかるくらいには、執事という仕事も、柊一郎が成し遂げようとしていることも甘くないのは分かっている。

できない、と答えた。柊一郎は少し黙ったあと、「分かった」と答え、それきり誘われることはなかった。

「……」

開け放した窓から、芝生越しの冷たい風が入ってくる。東嶋の庭は、広く樹木が少なめな自由な庭だ。

真咲が退院したあとすぐ、橋田家の大規模な摘発の報告で、慌ただしく横須賀に出張に行っていた柊一郎は今夜戻ってくるということだ。

傷は痛むが日常生活は十分できる。これ以上長く、東嶋の世話になれない。

「石田さん」

真咲の部屋のサニタリーの手入れをしていた吉川が、レースが張られた衝立《ついたて》の向こうから声を掛けてきた。

「ひとつ、伝えなければならないことがあります」

聞こえていると疑わない声で、吉川は続けた。

「柊一郎さまが麻薬に関して平常より疑い深く、憎しみが強いのには事情があります。私から話すことはできませんが、あなたに対して働いた無体もおおよそはそのせいです」

罵《のの》りあっているように見えて、やはり東嶋家の絆《きずな》は強いのだな、とここでも真咲は羨《うらや》ましく思う。主人も家人も、互いが互いを守ろうとしている。自分以外を傷つけないよう、身を挺《てい》した覚悟を差し出す。その潔さは見事なほどだ。

目が潤みそうになる感動を台なしにするような言葉で吉川は切り出す。

「柊一郎さまの享楽的な性格も原因のひとつにあるとはいえ、初めて貴家に参上したときの、あなたに対する失礼について、さしあたり私から申し開きと謝罪をしたい」

「柊一郎からは……？」

謝罪は聞いたが橋田の屋敷で「あとで改めて謝りたい」と言われたはずだが、柊一郎はここ最近、顔を見せてくれない。

橋田の事件のあと、橋田が使っていた密売人が船ごと検挙され、忙しいのも分かっている。柊一郎の側には今、この家で最大に威厳と知識を兼ね備えた、東嶋家の執事頭がついていて、吉川は留守番だ。言いなりになる吉川のほうが便利なはずなのに、真咲の世話をさせるためにわざと残していたのだと、吉川がそれとなく呟いたのを聞いた。真咲もそうだと思っていた。お陰で、居心地よく過ごせている。吉川は口は悪いが心配りがきいていて、過不足なく世話をし、必要がなければいなくなる。それに比べると自分は宣親の執事というより、母親のようになっているかもしれないと、日ごろの自分の仕事を反省した。

「私は存じませんが、すまなく思っていることだけは確かだと伝えておきましょう。それから、石田さん」

ベッドから足を垂らしていた真咲が返事をする前に、吉川は続けた。相変わらず姿を見せる気はないようだった。

情熱的な単語とは裏腹な、冷淡な声で言う。

「忠誠と愛は別物です。愛と愛情も別です」

吉川は、真咲の逡巡《しゅんじゅん》も迷う余地もない結論も察しているのだろう。身の回りを片付けた真咲に気づいて、柊一郎が帰りしだい、前田に戻ると言うだろうことも。

「吉川さんも、今、主人と離れ離れなんだっけ」

控えめに真咲は問いかけた。事情を詳しく知らないが、クビになりそうなのを柊一郎が預かっていると聞いた。

「……今だけかどうかは、わかりませんが」

真咲の心配は見当外れではないと言いたげな苦笑いの気配がレースごしに返ってくる。

「柊一郎さまには心からの親愛を、他のすべては、この家のものです」

口も性格も悪いが、執事として見事な生き様だと感服するようなことを、吉川は答えた。


夕刻、柊一郎は帰宅し、家をあげての晩餐が用意され、客もひっきりなしだった。

——柊一郎さまは、いちごがお好きですから。

——港まで魚を選びに行ってきます！

使用人は皆、柊一郎を愛し、それぞれに精一杯の誠意を尽くして柊一郎の帰りを待っている。

いい家だ。と、昼間華やかな声が行き交っていた廊下を歩きながら真咲は思った。この家の誰もに活気があって、皆が家を守ろうと誠実を尽くしているように見える。屋敷を支え、主を慕う。人を多く雇って金があるだけではこうはならない。

「これで寂しいなんて、贅沢《ぜいたく》だよ……」

柊一郎の愛され具合を見て、余計、自分は宣親の側から離れまいと固く誓った。東嶋の家のように十分にはできない。だがこの家の誰にも負けないくらい、宣親に尽くそうと。

「……」

だから今夜だけ――。

思った通り、柊一郎は夜空の見えるホールで月を見ていた。

「来ると思っていた」

寂しそうな笑顔で笑うから、急に涙が込みあげそうになる。真咲は顔をしかめて唇を噛んだ。覚悟してきた言葉に、唇をほどいた。

「アンタのことが好きだと思う」

認めたくはないが、心からは消えないことだと分かっていた。

「でも俺には帰らなきゃならない家がある」

どれだけ柊一郎を愛しても、捨てられないものがある。初めから分かっていたことだ。自分は絶対に宣親を選ぶ。

「今夜だけ、アンタのものでいいか」

心だけはこの先も柊一郎のものだ。

一生のうち一晩だけ。心も身体も柊一郎のものになりたかった。

どうしたらいいのだろうと思いながら、真咲はベッドに腰かけて、真咲のシャツのボタンを開いてゆく柊一郎の長い指先を見ていた。女性と経験を持ったことがない。未遂はあるが、年上の女中に手綱を引かれて衝動のまま触れただけだ。関係に到る前に爆《は》ぜてしまった。

室内用の上着を脱がされ、シャツを開けられる。

「あの……。……あ」

どうすればいいのかと、柊一郎に訊ねようとしたとき、開いたシャツの間から脇腹を撫《な》でられて、真咲はびくっと身体を竦ませた。

「柊一……。……」

名前を呼びかける唇を塞がれて、真咲は震える睫毛を伏せた。

「しゅ……い……。……っ、う」

口づけは優しく、合わせるだけだ。自分より高い柊一郎の唇の温度にうっとりしていると、シャツのまえをくつろげた柊一郎が、目の前で静かに身体を折った。

「柊一郎」

柊一郎が、真咲の心臓の上に、そして肋骨《ろっこつ》の辺りに口づけをする。

「……あ……」

先に指先がまだ傷のある脇腹に触れてくる。縫った傷口は黒く乾き、かさぶたが皮膚の奥の方に埋まっている。鉛筆の芯が入っているようだ。

「痛むか」

「ん……。中のほうは少し」

皮膚に触れてももう痛まないが、強く押すと奥のほうが痛い。身体を捻ると下腹にかけて鈍痛がある。

銃弾で裂けたのだろうと医師には言われていた。幸い銃弾は腹膜の外を通っていて内臓は大丈夫だった。肉の痛みはじわじわとしか取れないと聞いていた。

「……」

柊一郎が、唇で傷に触れてくる。

感覚がないかさぶたと、それを囲むできたての皮膚。両方に触れられてぞくぞくと腰が震えた。

「愛している、真咲」

脇腹に睫毛を触れさせながら柊一郎が呟いた。目を閉じて、柊一郎の呼吸を感じながら真咲は、うん、と応えた。声が震えた。胸が痛い。でも迷いはなかった。後悔もない。

愛《いと》しさを絞り出すような声で、真咲は呟いた。悲しいが穏やかな気持ちだった。

「もう会わない。柊一郎」

どこかで見かけても、声は掛けない。二人きりで会うこともない。

自分は宣親を裏切らない。柊一郎も家や仕事を捨てないだろう。互いに曲げられない矜《きょう》持《じ》がある。どれだけ柊一郎に求められても、どれほど柊一郎を愛してもだ。

「でも、アンタのことが好きなことだけは本当」

身分が違っても、離ればなれになっても、この真実は消えないし、一生忘れないだろう。

「俺は、この傷を思い出に前田で生きていく」

ごまかしようもないくらい、柊一郎が好きだと思い知った瞬間の傷跡だ。

「……そうか。寂しいな」

頼りない顔で呟く柊一郎に、ズルイと言いたくなったが必死で堪えた。家を捨ててもくれない、攫《さら》ってもくれない。でも、そんな柊一郎を好きになったのだ。

ベッドに押し込まれる拍子に、流れた涙に気づかないふりをして、真咲は泣きそうな顔で覗き込む柊一郎に笑って見せた。

「うちの坊っちゃんは賢いから——……」

息もできないくらい抱きしめられるのを、抱き返しながら、真咲は柊一郎の首筋で囁く。

「いつか坊っちゃんが立派な当主になったら、結婚式にでも招待してやるよ」

その頃にはきっと、自分ももっとちゃんとした執事になって、柊一郎も大きな役目を越えた男前になっているはずだ。

「や……それ、嫌だ、柊一郎……！」

犯された日は、正気でない自分に無体を働いた柊一郎を死にそうに恨んだ。だがはっきりと意識があると余計に行為は生々しい。

「嫌だ。そんなとこ、嫌だ……！　あ、あ――！」

俯《うつぶ》せにされ、尾てい骨の終わりから窪《くぼ》んだ場所に指を抜き差しされる。粘膜が粘る音がして、腰の辺りが震える。身体の中を擦られると、ざわざわと下腹がさざめいた。ときどき大きな波が起こりそうになる。前は中途半端に膨らんだままだが、ときおり急に射精の衝動があり、そのたび真咲は声を上げた。生理的な嫌悪と快楽が攪拌《かくはん》されて波になる。正気だとどうにかなりそうな感覚だ。

宙に浮きあがる感触に連れ去られるように思考が白くなるが、今日は薬のせいだと言い訳はできない。

軟膏を見せられた。またあの薬かと思って拒んだが、そうではないと柊一郎は言った。

――本当にすまなかった。

交合に使ったことはないようだが、少なくとも吸入しているのは間違いないと判断したということだ。腕を捲《まく》られたのも、注射のあとを確認したということだった。注射のあとがあれば、そのまま証人として、警察に連れてゆくつもりでいたが、なかったので口を割らせることにした、と。

——今日はただの傷薬だ。

滑りをよくするための軟膏を使わなければ怪我をすると言って、柊一郎は、真咲の目の前でたっぷりと軟膏を指に掬《すく》って見せた。

「あ……。っあ！　なんか、……駄目、だ」

軟膏が溶けて、柊一郎が指を動かすたび水音がする。二本重ねた柊一郎の指に抜き差しされた。滑らかになると柊一郎は同じところばかりを擦る。そこを行き来すると悲鳴を上げそうな快楽が火花のように走って声が止まらなくなった。長い指の節が入り口を擦るたび、頭《ず》蓋《がい》の中の温度が上がってゆくのがわかる。

「出る、……かも」

こんなことをされて達するなんて信じられないと思ったが、先端から滴る雫がシーツに染みを作ったとき、もう駄目だと思った。

「柊一……郎」

名前を呼んで、どうにかしろと訴えると、柊一郎は、肩をゆっくり摑んで真咲を仰《あお》向《む》けに寝転がらせた。

膝を開かせられ、腿の裏に手を当てられて、腰を上げさせられる。やわらかくなった場所に、熱く硬いものが押し当てられ、ぐっと中に乗り込んできた。

「あ……待っ……！　あ！　ああ！」

受け入れる場所がやわらかいのはわかるが、押し込まれる質量は真咲の精一杯を超えている。広げられる。鈍痛と、体内から裂かれそうな怖さに、真咲は柊一郎の汗で濡れた首筋に縋った。何度か挿れなおして、だいぶん深い場所まで進むとぴったりと貼り合わせたようになって、動けなくなった。

柊一郎は慎重で、あのときのように真咲の身体を無理やりこじ開けてくることはなかった。

「真咲――……真咲……」

泣きそうな顔で目を閉じて、柊一郎が真咲を呼ぶ。痛みで滲《にじ》む冷や汗にまみれて、ベッドに背を投げていた真咲は柊一郎の頬に手を伸べて、両手で包んだ。

柊一郎の頬は焼けるように熱い。手のひらで温度を感じていると、そのまま静かに口づけられた。

「大丈夫か」

「……うん」

苦しいし、身体中が音を立てて軋《きし》んでいる気がする。何が大丈夫なのかは分からなかったが、柊一郎が駄目だと思わなければ大丈夫なのだろう。

身の奥で疼《うず》いている柊一郎の感触には覚えがあった。あのときよりもはっきりと、熱の形が読み取れる。

「ちゃんと……、しろよ。柊一郎」

快楽は得られなくとも、犯されたあのときよりも柊一郎を感じられると確信があった。身体の中で動いて、擦れて、情熱で沸騰した蜜《みつ》を吐かれる様子を知りたい。

真咲は、もう一度柊一郎の首筋に腕を回した。抱きつく形で背中を浮かせて柊一郎の耳元で囁く。

「薬なんかなくても、イイってことを証明しろよ」

熱や目眩に誤魔化されない柊一郎を、もっとはっきり身体に刻みつけてほしい。

「煽るな。加減しようと、思ったのに」

悔しそうな呟きとともに、膝頭を握られた。

「柊一、郎……?」

「まだ半分、だ。挿れる」

「え――……」

柊一郎の宣言がどういう意味かわからずに、柊一郎を見上げると膝が胸に着くまでぐっと押し込まれる。繋がる場所が上になるくらい身体を折られ、そこに柊一郎が深く沈んできた。

「う、あ！」

内臓が、ぐうっと苦痛の音を立てる。合わさってゆく粘膜がみしみしと軋む。柊一郎の侵略を拒むことはできなかった。

「あっ、あ。……っ、あ――……！」

瞠った目から涙が零れる。柊一郎は何も言わずにただ、目許に口づけをするばかりだった。

「辛いか」

と柊一郎が訊いた。泣きじゃくる寸前の呼吸で、「うん」と真咲は応えた。

「――でも、やめないでくれ」

みっともないくらい震える腕で、真咲は柊一郎に縋りついた。これが柊一郎なのだと思うと、すべてを許せる。痛みでも苦痛でも、今夜与えられるものはすべて、この身体の中にしまってしまいたかった。

「真咲」

「覚えてて」

心配そうな表情で頬に口づける柊一郎に縋りつきながら真咲はねだった。

「――覚えててよ」

過去になってもいい。二度と会うことがなくても、この先柊一郎が別の恋人を作っても妻を娶《めと》っても、この一瞬が現実ならば、これが自分の一生の恋になってもいいと真咲は思った。

夜明けになる前に、部屋に戻ろう。

窓の向こうが暗いのを確かめ、真咲は軋む身体をベッドに起こした。

今日、東嶋家を辞する予定だ。荷物はまとめて部屋も片付けてある。

真咲は髪を乱して横たわる柊一郎を眺めた。目を閉じるとやんちゃさが残った顔立ちが妙にかわいい。

今さら堪えがたくなる恋心を堪え、布団の端をそっとはぐった。震えて力が入らない内腿と、尾てい骨を貫く痛みに戸惑いながらベッドの端に寄る。

忘れないだろうと思った。

この身体の疼きも、痛みも、熱も。人と愛を交わすというのはこういうことなのだと、きっと死ぬまで思い出す。一生、結婚もしない。新しい恋もしない。宣親に仕え、柊一郎を想う。そんな生き方で十分だと思っていた。

きっと自分はいい執事になる。苦笑いで真咲は確信した。

ひとつの恋を胸に抱えて、家に尽くす。そんな男がいい執事になれないはずはないのだ。

真咲は振り返らず床につま先を降ろした。脚の間に熱い雫が伝ってもかまわずに、服を拾ってベッドを離れ、もどかしく身につけて、ふらつく勢いのままドアへ踏み出す。

ドアノブに手を伸ばしたとき、不意に後ろから腕を掴まれた。

「！」

腕を摑み寄せられ、背中から強く抱きしめられるのに、そのまま下に崩れ落ちそうになる。

柊一郎の唇が首筋に押し当てられた。俯くと、足元にぱたぱたと涙が落ちた。泣いても何も変わらないと思ったが、我慢はできない。

「愛してる」

柊一郎が囁いた。

「うん」

「一生だ」

「……うん……！」

言葉を交わすことがなくとも、二人で会うことが一生なくとも、この夜は永遠だ。

「――もういかなきゃ……」

真咲はドアを開けた。

柊一郎が見送るのが分かった。

窓の外にはもう雨はなく、薄れはじめた闇に消えかける星が見えた。

柊一郎が、棚の飾り時計を見ると、午前十一時に差し掛かろうとするところだった。

窓の向こうで梢《こずえ》に止まった小鳥が鳴いている。早春の陽がさんさんと降り注ぐ、門出と言うにはこれ以上ない清々しい陽気だ。

午前中のうちに真咲は屋敷を辞すると聞いていた。客人とはいえ、真咲は執事の扱いだ。真咲が希望しなければ直接会うことはなく、予想通り吉川に辞去の挨拶をしたためた手紙だけが預けられていた。後日、宣親から謝礼の手紙が届くだろう。使用人を預かったときの一般的な作法だった。

前田家とはこれきり縁が切れるわけではないが、通行証を受け渡せばそれで終わりだ。家の様子や宣親の事情を思うに、この先しばらくは、社交界で知人として会うこともないだろう。

「書類が逆さですよ」

吉川に声を掛けられて手元に視線を落とすと、上下が逆になっている。書類を揃えるのは執事の役目だ。

「わざと逆さに置くな。無能と判断するぞ？」

「ぼんやりなさっておいでのようでしたので。これも執事の仕事です」

執事なのだと言いながら、柊一郎の集中力不足をたしなめることを平気でしてくる。

吉川は、机の上の書類を正しい方向に戻しながら、目を伏せたまま言った。

「あの方を帰してよかったのですか？　柊一郎さま」

そんな言葉を聞いて、真咲が屋敷をたったことを柊一郎は知った。朝からずっと心の端を引かれていた未練が切れ、ようやく諦めるような心地を覚えながら柊一郎は軽く窓を見やった。

真咲と寄り添える可能性は探した。自分たちが行き着いた答えはこうだ。

「女なら、幸せにしてやればなんとでもなるが、男の生きがいは金では買えん。多分、愛でも」

柊一郎には信念がある。麻薬を滅ぼし、無垢《むく》な国民がその被害に遭わないよう、この国が、中国や英国のように麻薬に冒されぬよう、海外から運ばれてくる麻薬を閉め出し、防壁を築くことはこの身のすべてを捧げても至難なことだと思っていた。恋にかまけている暇はない。たとえそれが愛だとしても信念の前には諦めなければならないことがある。

自分の信念と真咲の生き方。どちらが大きく立派だというのではない。互いに曲げられない信念は譲れず、また自分はそんな真咲を好きになった。

吉川は「そうですか」とそれ以上説得する気はなさそうな声で言った。

「おまえは苦労性だな、吉川」

吉川を象《かたど》っているのは執事の概念だ。執事とは、という厳格な決まりごとがあるから、吉川は自分の償いを見いだせているようだった。そんな吉川が柊一郎の信念を超えて、柊一郎に真咲との恋を貫いてはどうかと訊ねてくるのだ。こう見えても案外吉川は優しいのかもしれない。それとも柊一郎と真咲の恋に、許しを見いだそうとしているのだろうか。

吉川はひどく慇懃な声で答えた。

「お褒めにあずかり光栄です」

† † †

馴染みのポットで主のために紅茶を淹《い》れていると、執事の幸せを実感する。

熱いポットから細く立ち上る湯気。傍らに置いた砂時計。執事の醍醐味《だいごみ》を真咲はしみじみと堪能《たんのう》した。

――同じく執事を目指すものへの餞《はなむけ》、……いや、奨励と言いなおしましょうか?

ポットの中で躍る茶葉が、嫌みったらしい言葉とともに吉川が餞別《せんべつ》としてくれた品であってもだ。

「身体はいいのか、真咲」

ソファで本を読んでいる宣親が訊いた。

「はい。養生させてもらいましたから」

前田家には昨夜戻ってきたばかりだ。すぐに仕事をしはじめた真咲を宣親は労《ねぎら》ってくれるが、傷はもう大丈夫だ。念入りに休養もさせてもらった。

前田家に戻り、執事の服に身を包むと背筋が伸びる感じがする。東嶋家の行き届いた仕事を見たせいか、前田家の、即ち自分の至らなさが目について、頑張らなければと気合を入れなおした。

「長らくご不便をお掛けしました。また頑張ります。よろしくお願いいたします。坊っちゃん」

真咲がそう言うと、宣親は美しい人形のような顔を綻ばせ「頼もしいな」と言って笑った。

台の上に置いた砂時計が落ちきる。真咲はポットから保温布《コジー》をはずして紅茶をカップに注いだ。

さすが東嶋家が使うダージリンは新しく上等で、爽やかな葡萄《ぶどう》に似た香りがする。カップの赤い水面に湯気のリングが浮かんだ。久しぶりだが会心の出来だ。

己の仕事を誇りに生きてゆく。

間違いではないと確信して少し胸が熱くなった。柊一郎との辛い別れは無駄ではなかった。噛み締めるように思うときだ。

「午後から東嶋が来るそうだ」

本に目を落としたままの宣親が言った。

「柊一郎が⁉　――あ、あ。いえ、……東嶋さまが？」

カップにかしゃん、と音を立てさせ身を乗り出してから、慌てて真咲は訂正をした。真咲が東嶋家から帰宅するとき手紙を預かってきた。てっきり宣親が出した礼の手紙の返事だと思っていたのだが、そこにちゃっかり来訪の予告を書きつけてくるところが柊一郎らしい。

「ああ。インドの通行証の受け渡しに」

「そ、……そうですか。そう、ですね。……早い、ですね」

不思議そうに真咲を見る宣親に、真咲は頷く。

真咲が前田家に戻ってから、正式な通行証の受け渡しをする約束をしたと、あらかじめ宣親には聞いていた。それにしたってさっそく過ぎる。

昨夜のことを思い出して、叫び出しそうな恥ずかしさと居たたまれなさを真咲は必死で堪えた。あんな別れ方をして昨日の今日だ。ものすごく気まずいが、仕切り直しは早い方がいいかもしれない。

柊一郎はいつもこんなことばかりをする、と真咲が顔をしかめて困っていると、宣親が怪訝な顔をした。

「どうかしたか？　夜会ではないから承諾するつもりだが、無理か？」

「いえ、大丈夫です。準備できます」

政府から、柊一郎の捜査に協力して怪我を負ったということになっている真咲への、礼金と詫び金が下っているし、通行証にはすでに頭金が支払われている。貰った金は、使用人を一人二人なら雇えそうな金額だったが、当面、客人が来ない限りは真咲一人で宣親の世話をしたいと申し出ていた。

「頑張ります」

引き攣《つ》る顔で笑みをつくり、真咲は答えた。

いきなり再会と思っていなかったが、昨夜、柊一郎との間にはっきり線を引いた。彼は東嶋男爵家から来る大切な客人だ。自分は執事として柊一郎と会う。

「これで真咲にも苦労をかけずに済むな」

出された紅茶の水面を眺めながら、宣親は感慨深げに言った。

「いいえ。苦労なんて思っておりません。それより……」

真咲は少し考えてから、改まった声で宣親に訊いた。

「本当に、通行証を他家に譲ってもよいのですか？　せっかく旦那様が、手に入れられたものですが」

船を持たない前田家が、外国の港の通行証を所有していてもどうにもならないと思うが、それは満彬の善行を証明するものだ。運がよかっただけかもしれないが、満彬の先見の明を証明する誇り高いものだった。

当座の生活は、今回真咲の怪我に支払われた金でなんとか凌《しの》げる。できることなら通行証を手放さずに済むよう、もう少しがんばってみてもいいのではないか。

真咲の問いかけに、宣親は蜂蜜色《はちみついろ》の睫毛を伏せ、涼やかに応えた。

「私が持っていてもただの紙切れだ。それに、私の父が私に《名誉のために死ね》と仰《おっしゃ》るだろうか」

「……おっしゃるとおりでございます」

なよやかな見目だが強く賢い人だ。それに満彬なら、宣親の暮らしのためなら通行証を売れとためらいなく言うだろう。

真咲はできるだけ明るく宣親に笑いかけた。

「東嶋さまのお出ましは何時の予定でしょうか。精一杯ご用意させていただきます」

怪我が治り、前田家で執事として柊一郎を迎える。面会が終わって柊一郎を屋敷から見送るとき、――それが柊一郎との本当の別れになるのだろうと真咲は思った。


「ようこそお越し下さいました、東嶋さま」

玄関で、真咲はかしこまって柊一郎を迎えた。

「……」

柊一郎の視線がかすかに真咲を捉えるが、声をかけられることはない。後ろに吉川が続いた。吉川は執事の形式に則《のっと》って、真咲に視線を伏せるだけの会釈を送り、契約に必要な道具が入った革の鞄《かばん》を下げて柊一郎のあとを歩いてゆく。

茶の用意をした。久しぶりに馴染みの洋菓子屋からかすてらを買った。

あとは何をすることもない。壁際に立ち、宣親と柊一郎の話を聞き、様子を窺ってカップを換え、書類にサインをする様子があればペンとインクを揃える。真咲の仕事はそれだけだ。吉川も微動だにせず、となりに立っている。

宣親と柊一郎の話は、御機嫌伺いに始まり、真咲が世話になった礼に続いた。政府関連の噂にさらりと触れ、景気の動向と社交界の世間話をする。

「このたびは、我が東嶋家に貴重な港の通行証をお譲りいただき、ありがとうございます。前田家、宣親さま、前伯爵のご人徳に恥じないような貿易をいたしますので、どうぞよろしくお願いいたします」

柊一郎が切り出した。

「――……」

とうとうこのときが来たのだな、と、真咲は感慨深く、唇を引き締めた。満彬の遺品が他家に渡る。この屋敷が抵当から外れて自分たちの元に戻り、柊一郎と縁が切れる。

白手袋を嵌めた真咲は、宣親の背後を回って、ソファの横の台に置いてあった桐《きり》の飾り箱を開けた。中には天鵞絨《ビロード》張りの書類挟みが入っている。真咲は書類挟みを開き、英語と日本語でしるされた、日本政府とイギリス政府の印が並んだ証書を宣親の前に差し出した。

宣親はそれを受け取って確認し、テーブルにおいて柊一郎を見据えた。

「お譲りするにあたって、方々から噂を聞く機会があったのですが……」

「それはいかような？　お手配料なら加算したはずですが？」

約束した金額では不足だと、宣親が匂《にお》わせるのに柊一郎が眉を顰める。通行料一枚がこの屋敷と同等以上の金額で売れるということだけでも驚きなのだが、それに柊一郎は、希少価値やこれから上がる差分を考え、手配料という名目でそうとうな金額を上乗せしている。

「東嶋商会なら本当の価値をご存じかと思います」

「ええ、ですから――」

「六藤《むとう》商船から、最低でも、伺った値の四倍と聞いています」

宣親が言うと、笑顔で口を開きかけた柊一郎が黙った。

六藤商船というのは、貴族でも指折りの隆盛を誇る侯爵家だ。開国直後から商船に全財産を注ぎ込んだ家で、当時は無謀と眉を顰められたものだが、運に恵まれ今や財閥だ。六藤商船から買えない外国の品はないと言われる大貿易商になっていた。

宣親を見つめていた柊一郎は、苦々しく表情を崩して息をついた。

「……すぐには用意ができません」

「かまいません。うちもさんざんお支払いをお待たせしましたから」

相場を値切っていたことを認めた柊一郎に、宣親が言う。

「六藤商船とよく連絡がつきましたね」

信じがたいと言った表情で柊一郎が訊く。今や六藤侯爵は総理大臣と会うより難しいと言われる大人物だ。六藤商船の助言を無視したとなれば、今後、同じ業界に身を置く東嶋商会に障りがあるかもしれない。

信じられないのは真咲も同じだった。どうして、と思わず問いかけそうになったが、同時に思い当たる事があって真咲は急いで言葉を飲んだ。是光の容体はずいぶん回復していると聞いていた。真咲が療養中、宣親に会いに何度か屋敷に来たと言うことだ。前田家の名代として、是光が暗躍していたに違いなかった。落ちぶれた前田家が表立って会いにいくよりも、以前の縁をよしみに、是光が個人的に面会にゆくほうが六藤商船側も相談を受け入れやすい。

宣親は、細い身体に当主の威厳をいっぱいに詰めた様子で、柊一郎に応えた。

「落ちぶれたといえ、当家の人脈は、新しい家のあずかり知らない深さと広さがあります、ただ」

といって、宣親は薄く目許にかかる髪の下で碧《あお》い瞳を細めて笑う。

「うちには金がないだけだ」

「……なるほど」

降参だ、と言いたげな様子で柊一郎は額に手を当て、肩を揺らして笑った。

「わかりました。仰る金額と、当家の本当の見積もりはおよそ合致するようです。ただ、こここでお約束するには少々金額が大きい。社長である兄の確認を取ります。数日お待ちいただけますでしょうか？」

「ええ。当然です」

真咲は目を白黒するばかりだ。本はよく読む人だったが、まだまだ子どもで寝穢《いぎたな》い宣親が、柊一郎相手にこんな鮮やかな交渉をするとは思っていなかった。

「そして、もうひとつ御相談があるのです、東嶋さん」

初めから決めていたような声で宣親は切り出した。

「通行証を、四倍ではなく、三倍の値段でお譲りします。その代わりその半分を、今度あなたが核となって設立する麻薬捜査組織への出資金にしたい」

宣親がそう持ち出したとたん、柊一郎の瞳が今までになく鋭くなった。柊一郎がそんな仕事に携わっていることを、真咲も宣親も知っている。だが、組織が相手を限定した出資金を募っている話など、真咲は聞いたことはなかった。

柊一郎は怪訝な顔で問う。

「それをどこで耳にしましたか？」

「すでに出資している方からです。蛇の道は蛇と言うでしょう？」

柊一郎たちは極秘中の極秘で捜査をしているかもしれないが、政府には政府の動きがある。その情報を抜いてきたと宣親は言うのだ。六藤商船の伝があるなら不思議ではない話だ。本来貴族が生きる場所は、政治の裏側だ。同じ社交界という海に注ぐ水でも商人とは流れが違う。

これにはさすがに柊一郎も驚いた顔をした。しばらく目を伏せ、考えごとをしていたが、ため息をつき、頭を振る。

「参りました。私の責任を持ってその条件で承りましょう。ただし、こちらからも条件がある」

もう子どもの話を聞くような顔をやめた柊一郎は、宣親を見据えて低い声で言った。

「組織の性格上、身元が確かでなければ出資の話は承れません。恐れながら宣親さま、あなたはまだ、正式に伯爵家を継いだわけではない」

本来ならば、満彬が亡くなり嫡子が宣親のみとなった時点で宣親が伯爵となるべきところだが、その承認がまだ政府から降りていない。宣親の年齢や、借金の問題もあるが、後ろ盾がないことが大きな原因だということだ。社交界に出たこともない、借金まみれで落ちぶれた伯爵家の後ろ盾など、誰も買って出るはずがない。後ろ盾がない貴族は滅びるしかないのが世の常だった。宣親には伯爵家を継ぐ許しは出ないのではないか。是光もそれをいちばん心配していた。

柊一郎が切り出した。

「私を後ろ盾としてお認めいただければ、万事上手くいくことのように思いますが、いかがでしょうか」

「あなたを……？」

「そうです。私で不足ならば兄でもいいが、多分、問題はないでしょう」

柊一郎が後ろ盾になれば、事実上、保証人は東嶋男爵家と東嶋商会だ。それにいずれ柊一郎は東嶋男爵家の人間というのとは別に、組織の重役という地位を得る。政府の命令であることなのだから、柊一郎の身元を疑う人間は誰もいない。

今度は宣親が目を瞠る番だ。家を取り戻し、当座の金ではなく、満彬の遺志を継いで正義に出資するばかりでなく、伯爵家の継承もこれで解決する。

宣親は細い肩で、音が聞こえるようなため息をついた。碧い目が潤んでいる。

「そのように、進めていただけましたら幸いです」

居住まいをただして宣親が頭を下げると、柊一郎が頷いて、「よろしくお願いします」と手を出した。宣親が三回りも小さな手で柊一郎の手を握り返す。改めて大人と子どもの手にしか見えないのに二人とも苦笑いだ。

握手を解《ほど》き、宣親は年相応の仕草で、ホッとソファに背を投げた。

「安心なさいましたか？　宣親さま」

今まで巨額が動く商談をしていたようには見えない異国の容姿をした青年に、柊一郎は微笑ましいような声を掛ける。「うん」と頷く仕草が余計に子どもっぽかった。

宣親は身体を起こし、ぬるい紅茶のカップを手にしながら言った。

「私も若輩ながら、新しい世の荒波を乗り越えていかねばならないし……」

宣親は真咲を見る。

「大事な執事を悲しませるわけにはいかないからね？」

意味ありげに言う宣親に、柊一郎は目を細め、振り返って真咲を見た。

「！」

宣親は真咲の気持ちに気づいているらしかった。そして、このあとも会えるのかと驚いている真咲を、柊一郎が見て喜んでいるのも。

「……っ……」

主の会談中、執事が無意味に動くことは許されない。真咲は眉根を寄せ手を握り締めて、真っ赤になる顔を伏せながら、じっと立っているしかなかった。

満足そうに真咲を眺めていた宣親は、桃のように頬を紅潮させ、美しい笑顔で柊一郎に言った。

「これからも、当家と、真咲をよろしくお願いいたします」

「喜んで」

† † †

「なんかアンタ忙しいんじゃないの？　ヒマなの!?」

真咲は銀盆を脇に挟んで窓際の柊一郎に唸った。

「ヒマじゃありません」

と答えるのは、鞄に溢れるほどの書類を持ち込み、机で仕事をしている吉川だ。平素から柊一郎は忙しいらしく、このところ前田家に始まる橋田家の騒ぎで書類が山のようにたまっているらしい。

――部屋ごと引っ越したいです。いえ、違いますね。石田さん、あなたがうちに来れば解決なんです。

柊一郎以上の真顔で、真咲に「東嶋家に来い」と吉川は言った。

「じゃあ、うちでのんびりお茶なんか飲んでないで帰れよ！」

机を挟んで柊一郎の前に立ちながら、真咲は訴えた。何だかんだと歯がゆいくらい恋しい男だ。ほとんど毎日会えるのはありがたいことだが、窺い知るだけでも非効率なこと甚だしい。

柊一郎は涼しげに、窓辺でティーカップを手にしている。

「俺は宣親の後見人で謂《い》わば親も同然なんだが？　我が子の家に出入りして何が悪い」

他人行儀なのはあれっきりで、宣親は柊一郎に懐いてしまい、今や名前を呼びあう仲だ。

柊一郎もけっして宣親を侮っているわけではなく、宣親の肝の太さや賢さを買い、一流の実業家に育てるつもりらしく教育を惜しまない。

柊一郎曰く、宣親の商才は天才的らしかった。飲み込みがよく度胸もいい。交渉の術《すべ》は是光譲りだ。将来は東嶋商会に招き入れたいと言わせるほどだった。

そんな宣親のために勉学の教師を手配し、もっと詳しく貿易を学ばせるための識者を招いて講義をさせる。ときには柊一郎直々《じきじき》に教鞭を振るっているようだった。

それは本当にありがたい。ありがたいのだが――。

「俺は忙しいの！」

あのあと料理人と女中を二人と庭師を雇った。雇ったからといってすぐに一人前の仕事ができるわけでもなく、家それぞれの決まりごとがある。彼らに前田家のありようを指導すべく真咲はいつにも増して奔走しているし、近々東嶋のお膳《ぜん》立てによって社交界デビューを果たす予定の宣親の準備にも余裕がない。

最近へとへとになって眠る。ときには椅子に座ったまま眠るような毎日なのに、柊一郎が屋敷に入り浸っている。夜は逢瀬を重ね、日中はたびたび真咲を呼びつけては顔を見たがるのだから、本当に困っている。

「うちに来いというのを百歩譲ったんだ。会いに来るくらい許せ」

そう言って、真咲のネクタイを引いて、机に手をつかせる。

「わ！」

前にのめる動きのまま机の上で唇を塞がれた。

「……まったく」

心底嫌そうな吉川の声が聞こえる。

ほら見ろ、と、真咲は柊一郎を睨んだ。柊一郎が屋敷に通い詰め、こうして真咲を呼び出して無駄話をして、吉川に嫌みを言われるのは自分なのだ。理不尽すぎると怒りを柊一郎に向けると、背後から冷たい声がした。

「二時間、お屋敷のお世話を承りましょう、ここまで来て仕事に身が入らないのでは、何のためにやってきたのかわかりません」

「吉川さん……！」

二時間の間、吉川が前田の屋敷の執事を行なうというのだ。吉川は前回の滞在の間に前田家の様式を覚えたらしい。前田家の執事として振る舞うことなど朝飯前だし、宣親に「是光に似ているな」と言わしめて、真咲をものすごく悔しがらせた。

吉川は眼鏡を軽く指で押し上げて、柊一郎に冷淡な声で言った。

「その代わり週末には休暇をいただきますからね」

「――乗った」

明るく笑う柊一郎が立ち上がって、真咲の腕を摑む。

「いいのかよ、そんなことで！　仕事しにきたんだろう？　俺の顔を見ながら仕事したいとか、ふざけたこと言って……！」

となりの部屋に連れ込まれながら、真咲は苦情を言った。

宣親には、柊一郎に最大限の感謝を示せと言われているし、お茶の時間までは暇がある。間で呼び出されても吉川が自分以上に宣親の世話をする。だがそれとこれとは話が別だ。

柊一郎は、真咲の腕を摑み、優しく窓のとなりに背を押しつけた。

「ああ。恋をしない執事を口説き落としにきた」

柊一郎が囁いて唇を重ねてくる。

命がけで柊一郎を庇い、宣親だけと誓いながらも柊一郎への恋心を抱いて生きる。執事として最大限の譲歩をした真咲の恋を、柊一郎はそうとは認めてくれない。

「ご主人様と呼んでくれ」

キスの間から柊一郎が囁く。

「嫌だ」

宣親の親代わりなら、自分の主家だが到底そうとは思えない。

「じゃあ、恋人でもいい」

熱く囁く柊一郎の優しい指が、リボンタイをそっと引く。寛《くつろ》げられた襟元に柊一郎の熱いキスを受けながら、真咲はこのあと自分に起こる嵐の予感に目眩を感じながら呟いた。

「とっくに好きだ馬鹿……！」

白い花

「片方持ちましょう、シヅさん」

「だ、だいじょうぶですよ、石田《いしだ》さん。一人で持てます！」

洗濯物が入ったふたつの籠《かご》のひとつに真咲《まさき》が手を伸ばすと、最近屋敷に勤めはじめた女中のシヅが慌てた声を出した。

シヅは働き者だ。若いのに女中歴が長い。賃金も安くしか言わないからなぜだと聞いてみたら、シヅは小さい頃から奉公に出されたせいで読み書きができず、ほんとうに下働きしかできないからだと言った。シヅは明るく真面目できれい好きだ。読み書きは真咲が教えるから大丈夫だと言った。今は書き付けくらいは読める。

「石田さんにそんなことさせられません！」

「いいよ。どうせ俺も裏庭にゆくから」

慌てるシヅの目の前で、真咲はぱっと籠を持ち上げた。

シヅに礼を言われ、朝の心地よい風を受けながら晴れた裏庭へ歩いてゆく。今日も洗濯物がよく乾きそうな天気だ。

物干し棹《ざお》の前に籠を降ろすと、シヅが白いエプロンドレスの前に手を重ねてぺこりと頭を下げた。

「ありがとうございます、石田さん。執事さんにこんなことさせて申し訳ないです」

「気にしないでよ。シヅさんが来てくれるまで俺がやってたんだ。来てくれてほんとうに助かった」

今となって懐かしい気がするシヅの、白いフリルの肩ひもがついた前掛《エプロン》けを見ながら真咲は答えた。

シヅのお陰でもうこの前掛けを掛けることはなくなって、真咲が使うのは、腰から下に巻く黒い執事の前掛けに戻った。立ち仕事に向いた細く締まった長めの前掛けで、銀食器を磨くときやワインの片付けのときの埃《ほこり》よけにとてもいい。シヅも動きやすそうな着物の上に、洋風の前掛けがハイカラでよく似合っていた。

「じゃあ、今日もよろしくお願いします」

真咲が軽く手を上げると、シヅはもう一度頭を下げて洗濯物を干し始める。庭の端から振り返るとさっそくフリルの前掛けを青空に干していて、思い出す苦労の日々をあたたくも懐かしく、真咲は振り返るのだった。


柊一郎《しゅういちろう》を前田《まえだ》家に招くのはどうにも苦手だと、真咲は思っている。

「おはよう真咲」

玄関から入ってくるなり、柊一郎は男前の顔を幸せそうにほころばせ、軽く目を伏せ真咲にキスをする。

「そ、そういうのやめてって言ってるだろ⁉」

二人きりならまだしも、ここは前田家の玄関だ。前田家の執事としてかしこまって迎えたところにそんな乱れたことをされては真咲の努力は台なしだ。

「ちゃんと遠慮はしている」

知らん顔で柊一郎は言う。確かに宣親《のりちか》の前ではしないし、シヅがいっしょに迎えたときもこんなことはしない、だがいくら恋人と言ってもケジメは大事だと真咲は思っていた。柊一郎は宣親の客で、親代わりで男爵家の次男だ。真咲は前田家の執事見習いだ。主家と従者。立場が違う。それに、

「吉川さん、が、いるし」

柊一郎の背後に少し距離を取って、東嶋《とうじま》家の執事、吉川《よしかわ》が立っている。

「吉川はいないものと思え」

苦情を言うたび返される同じ言葉に吉川をちらりと盗み見ると、吉川は猫の交尾にでも行き当たったようにどうでもよさそうな、若干嫌そうな視線でこちらを見ていた。これも苦手なことのひとつだ。吉川が見ている前で、柊一郎と仲良くしてみせるのは執事失格と思われていそうだし、そうなったときは真咲の恥ではなく前田家の恥だ。自然、態度は突き放すようになる。だがキッチリ仕事のように振る舞えないのも真咲の未熟なところだった。

「坊っちゃんがお待ちかねだよ。さっさと行ってよ」

これも執事の口の利き方ではないと思うが、接吻《せっぷん》が許されるのなら、このくらいはきっと許される。真咲が少しふてくされた声で言って屋敷の奥に柊一郎を招こうとしたときだ。

「約束は一時間後だ」

「どういうこと？」

「真咲に会うために、一時間早く出てきた」

くすぐるような声で柊一郎は囁《ささや》いて、また唇を重ねてくる。

「だから駄目だって……！」

唇を開かせられて、深く口づけられそうな気配に、真咲は慌てて柊一郎の胸元を押し返す。

柊一郎は残念そうな顔をしたあと、ちらりと吉川に視線を送った。

「そう邪険にするな。お前に贈り物を持ってきたんだ」

「だから、俺にまでそういうのはいいって言っただろ⁉」

没落は辛うじて免れたものの到底裕福になったとは言えない前田家に、柊一郎はたびたび差し入れや贈り物をしてくれる。食べ物だったり衣類だったり、珍しい菓子や、宣親の靴だったりもする。それらはありがたく受け取るが、真咲への贈り物は食べ物以外は断っている。食べ物も駄菓子限定だ。

「服ならどうだ」

「え、それは……あの。でも、そういうの、困る」

正直なところ衣類は欲しい。買うのは宣親の洋服優先だし、その次はシヅや料理人に支給する仕事服だった。真咲の服は一番後回しだ。ズボンも膝が透けそうだし、襟《えり》が擦り切れてきたワイシャツも欲しい。いつも新品を着ている吉川のお下がりなら嬉しいかもしれないと思ったが、柊一郎がそんなことをするわけはなかった。

「新しい織り方の絹だそうだ。反物の見本が回って来たから仕立てさせた」

「そんなの駄目だよ」

貿易商の副社長だ。柊一郎にとっては容易《たやす》く手に入る品なのだろうが、絹のシャツなど受け取れるはずがない。恋人だからといって、むやみな施《ほどこ》しも嫌だった。

「遠慮をするな。わざわざ仕立てさせたんだ」

「そういうのが困るって。お下がりとか、せめて綿なら……」

正直なことを呟きすぎて口ごもる真咲に、柊一郎はリボンがかかった箱を差し出した。

「開けてみてくれ。きっと似合う」

「そんな……」

「一度着てくれたら捨てていい。真咲のために少々贅沢《ぜいたく》に作らせたんだ」

「余計駄目だよ」

柊一郎はこういうところが不器用だ。商家の坊っちゃん育ちで変なところが素直だ。真っ直ぐすぎる愛情で真咲をテレさせて素直じゃなくさせるのだ。そして内心はひどく嬉しい真咲をさらに蕩《とろ》けさせる。獰猛《どうもう》な男が懐いてくるのは照れくさく、そして甘い。

目許が赤くなるのを感じながら頬で柊一郎のキスを受ける真咲に、柊一郎は囁いた。

「とてもよく似合っていた。最近見られないのが寂しくてな」

「何が？」

「女中が来たからきっと、数が足りなくなったのだろうと」

「……はあ？」

うちの女中がいつワイシャツを着ていただろう。

眉を歪める真咲の前で、待ちきれないとばかりに柊一郎が箱のリボンをほどいた。中から溢れてくるのは上等の絹で作られた、白い——フリルのついた前掛けだ。

「わ。あ……っ。あ……!?」

咲きこぼれるような白いフリルに慌てる真咲を、前掛けごと抱きしめながら柊一郎は囁いた。

「思えばこのとき一目惚れだったかもしれない」

「う――っ、あ。……は……!」

机の上に乗せられ、交わる身体の奥を抉られて真咲は喘《あえ》いだ。よく磨かれた机の上に、身を捩《よじ》るたび、汗ばむ背中がぺたぺたとくっつく。

真咲を抱きたがる柊一郎を拒めなかった。プレゼントは困ったが気持ちは嬉しい。一時間以内に終わると約束させて、空き部屋に転がり込んだ。つかみ合うくらい焦るのは、時間内に終わらせなければならないと思うからか、柊一郎が欲しいからかはもう分からない。

汗を掻《か》くと言ったら、上着とシャツを脱がされた。恥ずかしいと答えたらさっそくこれを着ておけと、前掛けを押しつけられた。そんな恥ずかしいことができるかと拒んだのだが征一郎は性急で、情熱的に真咲と繋がろうとするものだから、前掛けを胸に抱きしめ、交わる重い衝撃を堪えるしかなくなってしまった。

深く含まされ動けなくなる。奥を突かれながら喘いでいると、肩に前掛けの紐《ひも》を通され、腰紐を結ばれて、素肌に前掛けを着る形になってしまった。

「あ。――ア!」

大きく突き込まれて、手の甲で押さえても声が漏れるのに、柊一郎がいとおしそうに目を細める。

「真咲はやはりこれがいい。普段も使ってくれ」

「馬鹿言うな……!　あ、……や、あ!」

「馬鹿じゃない。初めにあんな格好で現われたお前が悪い」

「それは、アンタたちが……ッ……！　あう」

反論しようとするところを、じっくりと身体の内側を擦られて、上げかけた肩が崩れる。

柊一郎は真咲の苦情を無視してうっとりとした声で言った。

「とてもよかった。清楚な白い前掛けの下に、拳銃を隠して」

思い出すように、柊一郎は前掛けをめくり、何も穿《は》いていない真咲の下腹を空気に晒して、ふと嘆息のような声を漏らした。

「ああ、そうだ。こんなふうに」

真咲の熱く焼けた銃身を扱き、真咲を心底困らせる。


「――それで、真咲はお茶も出さずに何をしているんだ」

ほほ杖の宣親はチェスの駒をつまみ上げて、目の前に座る吉川に訊《たず》ねた。

「柊一郎さまのお供で庭を散策しております。石田さんのほうが前田邸のお庭に詳しいのでお願いしました。宣親さまのお世話は一時的に私がさせていただくようにと言いつけられております」

「ほんとうに申し訳ないな。吉川はお茶を淹《い》れるのが上手いし、チェスが強いから僕も楽しいけど」

と言って宣親は白のポーンを前に進める。

「恐れ入ります。こちらこそ石田さんを長くお借りしてしまって申し訳ありません。私も宣親さまのお相手ができて光栄です」

「それにしたって、遅すぎやしないか？　うちに一時間も眺める花が咲いていただろうか」

「……二時間ですが」

吉川が呟くのに「えっ？」と宣親は聞き返した。吉川は宣親に出した紅茶のポットを傍らに、真面目そうな眼鏡《めがね》の奥で考え込んでいる。そして、

「多分白い花ですよ」

と答えて、黒のビショップを優雅な手つきで動かした。

「あ。待って、吉川」

「お待ちするのは三度までです」

「じゃ、じゃあ、もう一回！　まだ柊一郎さんは庭を見ているのだから」

「……さようでございますね」

と答えた吉川の声に、ため息が交じっていたことを、宣親は気づかない。

あとがき

最近、書き始める前に「ライト」って二〇〇回くらい唱えてから書き始めます。玄上八絹ですこんにちは。元気なチャンバラ活劇風になってたら嬉しいです。すみません流血はしました。

挿絵は夏珂先生にいただきました。雰囲気のある真咲と柊一郎をありがとうございました！　こんな柊一郎が踊っていたら舞踏会に通い詰める！　と思いました。踊ってもらうのではなく、踊る姿を観賞するためにです。クラシックでお洒落な背景もすごいです！

執事服の上にエプロンドレスかけていいですか、っておそるおそる伺ったら「いいですね！」って応えて下さった担当様の懐の深さに惚れ直します。いつもありがとうございます！ほんとうに今回もお世話になりました。

手にとってくださった読者さまには最大級の感謝を申し上げます。
またお目にかかれたら幸いです。

玄上　八絹

✦初出　ご主人様、お茶をどうぞ……………書き下ろし
白い花……………………………………書き下ろし

玄上八絹先生、夏珂先生へのお便り、本作品に関するご意見、ご感想などは
〒151-0051 東京都渋谷区千駄ヶ谷 4-9-7
幻冬舎コミックス　ルチル文庫「ご主人様、お茶をどうぞ」係まで。

幻冬舎ルチル文庫
ご主人様、お茶をどうぞ

2012年12月20日　第1刷発行

✦著者	玄上八絹　げんじょう やきぬ
✦発行人	伊藤嘉彦
✦発行元	株式会社 幻冬舎コミックス 〒151-0051 東京都渋谷区千駄ヶ谷 4-9-7 電話 03(5411)6432[編集]
✦発売元	株式会社 幻冬舎 〒151-0051 東京都渋谷区千駄ヶ谷 4-9-7 電話 03(5411)6222[営業] 振替 00120-8-767643
✦印刷・製本所	中央精版印刷株式会社

✦検印廃止

ISBN978-4-344-82705-9　C0193　Printed in Japan